王运涛◎著

——记全国劳动模范
廖志斌

中国民族文化出版社

北　京

图书在版编目 (CIP) 数据

守护：记全国劳动模范廖志斌 / 王运涛著 . — 北
京：中国民族文化出版社有限公司，2024.4 (2025.6重印)
ISBN 978-7-5122-1860-4

Ⅰ.①守… Ⅱ.①王… Ⅲ.①纪实文学 – 中国 – 当代
Ⅳ.① I25

中国国家版本馆 CIP 数据核字 (2024) 第 078974 号

守护——记全国劳动模范廖志斌
SHOUHU——JI QUANGUO LAODONG MOFAN LIAO ZHIBIN

作　　者	王运涛
责任编辑	赵卫平
责任校对	李文学
装帧设计	程　跃
出 版 者	中国民族文化出版社　地址：北京市东城区和平里北街 14 号
	邮编：100013　联系电话：010-84250639　64211754(传真)
印　　装	三河市同力彩印有限公司
开　　本	710 mm×1000 mm　16 开
印　　张	13.25
字　　数	100 千字
版　　次	2024 年 4 月第 1 版
印　　次	2025 年 6 月第 2 次印刷
标准书号	ISBN 978-7-5122-1860-4
定　　价	68.00 元

前　言

　　如果你没有来过安徽宿州，那一定要来看看，看看这里的土地；除了寥寥几座不高的山岭，这里都是辽阔的平原。这片土地很肥沃，有人说在这里只要撒下种子，就一定会有好收成。这片土地很坚忍，自从秦朝末年陈胜、吴广在此揭竿而起，战火便在这片大地上绵延不断：楚汉战争的战略决战——垓下之战在这里展开；南北朝时期，多场大战在这里展开；唐朝中叶，庞勋起义军在此鏖战数旬，直至败亡；南宋时期，这里成为抗金的战场；清末，捻军起义波及这里；抗日战争时期，新四军第 4 师在这片土地上与日本侵略者浴血奋战；解放战争时期，这里是淮海战役的战场。经历了那么多战火，这片土地非但没有被硝烟焚毁，反而显露出了惊人的生命力，持续产出丰富的物产：宿州因盛产小麦、水稻而素有"淮北粮仓"之称；宿州的砀山酥梨、萧县葡萄、符离集烧鸡、夹沟香稻米闻名遐迩；宿州的白云岩、大理石、耐火黏土产量位居安徽省第一，瓷石产量居安徽省第四。此外，宿州还有53科270余种树木、236科1065种中药材、9科11种水生植物⋯⋯

如果你没有来过安徽宿州，那一定要来看看，看看这里的电网。2002年，宿州电网仅有220千伏变电站3座，220千伏输电线路不足10条；110千伏变电站10多座，供电量不到14亿千瓦时。2022年，宿州电网已经有220千伏变电站15座，主变29台，变电容量4770兆伏安；110千伏变电站46座，主变93台，变电容量4325兆伏安；35千伏变电站113座，主变228台，变电容量2291兆伏安；220千伏输电线路46条、1346公里，110千伏输电线路110条、1784公里，35千伏输电线路 207 条、1992 公里，供电量 115.09 亿千瓦时。20 年间，宿州电网发生了翻天覆地的变化。

如果你没有来过安徽宿州，那一定要来看看，看看这里的国家电网人（后简称"国网人"）。这里的国网人像这片土地一样，厚道，坚韧："全国劳动模范"许启金、国网安徽省电力公司"青年岗位能手"张宽杰、"安徽省十大能工巧匠"之一姚新年、"国家电网公司供电服务之星"王鲜艳、"国家电网公司劳动模范"汪劲松、安徽省电力公司"十佳服务之星"张占胜……这些扎根宿州的国网人组成了"爱岗敬业，争创一流；艰苦奋斗，勇于创新；淡泊名利，甘于奉献"的先进模范群像。

在这群优秀的劳动者中，有一位名叫廖志斌。

他在普通平常的工作岗位上，做出了不平凡的业绩。他的名字与他所工作的国网宿州供电公司，正逐渐走进大众的视野。

2022 年第一次看到廖志斌时，我很难将这个瘦削、朴实的年轻人与中国共产党第二十次全国代表大会代表（后简称"二十大代表"），以及"全国劳动模范""全国技术能手"等耀眼的名称联系起来。

当时正值盛夏，我来到国网宿州供电公司生产基地。刚走到六号楼，就远远望见一个身影站在启金劳模工作室门口，像守护边疆的哨兵一样，挺拔，坚定。

那肯定是廖志斌，因为我们俩电话里约定的见面地点就是这里。

廖志斌比照片上更瘦一些，更黑一些，但嘴角的笑容与照片上没有任何差别。

虽然是周末，他仍然穿着蓝色的夏季工装。

工装的胸口处都被汗水湿透了。

"刚刚从工地上回来，省公司'四不两直'检查。"廖志斌看出了我的疑惑，笑着解释说。

"四不两直"，是指安全生产暗查暗访制度，具体说就是"不发通知，不打招呼，不听汇报，不用陪同接待，直奔基层，直插现场"。

我说："身上出着汗，进空调房间容易着凉，您还是先回家洗个澡，换身衣服吧。"

廖志斌说："您牺牲双休日来采访，我哪能耽误您的宝贵时间。"

说着，他干脆利落地领我走进启金劳模工作室。

他转过身的时候，我才发现，他的后背也湿透了。

进入启金劳模工作室，廖志斌的话匣子就打开了：哪张照片里是他在协助师父许启金工作，哪件工具是他参与研制的，哪架无人机当年是由他操作的……

他神采飞扬的样子，就像是一名身处军械库的军人。

"我从小就想守护祖国，守护人民。这可能跟我的原生家庭有关……"当听到我说他像军人的时候，廖志斌说。

目　录

第一章　不听话的儿子

一、丢失的缰绳

1978 年的秋天，安徽省宿州市廖家村，随着一声洪亮的啼哭，一个男婴降生了。

孩子的父亲是一名现役军官，母亲是一名民办教师。

这是他们的第一个孩子，给长子取名自然是一件大事。当然，父亲和母亲在孩子出生之前已经想出了很多寓意美好的名字，但都因这样那样的缘由被逐一否定。

父亲看着咧着小嘴笑个不停的孩子，对妻子

说："这孩子像你，文静，以后说不定能考上师范，当上教师，就叫小文吧。"

母亲笑着摇了摇头，说："你没看他的小脚多有劲，一直蹬个不停。这么好的体格，像你。我看啊，指不定又是一个小兵。"

"小兵？"父亲犹豫了一下，说，"小兵这名字也太普通了，不如就叫小斌吧？"

母亲想了想，说："好！小斌好，文武双全！"

于是，"小斌"便成了这个孩子的名字。

因为父亲姓廖，父母都希望他有远大的志向，学名就叫"廖志斌"了。

小斌出生的第三天，父亲便返回了部队。

小斌刚满月，母亲也劝走了照顾她的母亲，重返工作岗位。

每次上课前，母亲都把小斌放在学校附近的一位同事家里，因为这位同事家里有一个跟小斌年龄差不多的孩子。在这里，小斌既有大人照看，也有同伴玩耍。

当时，农村的师资力量不足，母亲最多的时候一个人教三门课。

白天除了上课，还要做一日三餐，批作业、写教案这些工作只能在晚上做。繁重的教学和家务使她常常忙到半夜才能休息。

农忙时节就更累了，母亲只能把小斌送到娘家，白天上课，傍晚时分再到田里去耕作，等到夜深了再回家批作业，写教案，常常顾不上做饭，只能啃上几口凉馒头充饥。

母亲是个坚强的人，收割小麦、扬场、耕地这些事情，即便是壮劳力干起来都很吃力，她硬是在教学之余给干完了。一年如此，两年如此，三年如此，很自然地引起了其他人的关注。

"宋老师可真了不得！不光课讲得好，还能把这一二十亩地种好。真是了不得！"女同事对她钦佩不已。

"别看宋老师是女人家，干起庄稼活儿来可不比咱们男的差！真是花木兰一样的人物。"男同事对她赞不绝口。

花木兰是古代一名女子，因代父从军而流芳千古，在唐代被追封为"孝烈将军"。有人认为花木兰的出生地就是安徽亳州。亳州与宿州同处皖北，毗邻豫东，风俗习惯、语言、饮食都非常相近，再加上豫剧《花木兰》的影响，皖北、豫东一带的人都很推崇这位巾帼英雄。

"宋老师就是咱们学校的花木兰！"有同事说。

于是，"花木兰"的绰号就此传开了。

作为"花木兰"的儿子，小斌总的来说是很懂事的，无论是母亲或是亲友给他糖果、糕点，他都要先给母亲吃。母亲如果不吃，他就跟在身后缠着，直到母亲吃了一块或者尝了一口，他才肯吃剩余的部分。

母亲要给他做新衣服，他总是说："不用给我做衣服，给小舅舅一个人做就行了。他穿小了再给我穿。"

小舅舅比他大5岁，很多穿小的旧衣服都给了他。他知道做新衣服是一件花钱的事，不愿母亲多花一份钱，就提出继续穿小舅舅的旧衣服。

母亲印象最深的一件事，发生在小斌不到 5 岁的时候。当时，父亲回来探亲，一家三口就去了爷爷家。

爷爷是个朴实的庄稼汉子，老伴去世后就一个人过活，干得一手好农活儿，会使牲口，当时养了两头牛。

到了爷爷家，母亲去做菜煮饭，父亲陪着爷爷聊天，小斌就坐在院子里摆弄爷爷的农具。

到了吃午饭的时候，父亲陪着爷爷喝了点儿酒，母亲还在厨房忙活，小斌则是很快就扒完了碗里的饭，又去院子里摆弄农具了。

等父亲和爷爷吃完饭，才发现小斌不见了。

当时，小斌跟母亲就住在学校里，离爷爷家不远。

母亲急忙赶回学校，在学校门口找到了正在与小伙伴们玩耍的小斌。

虚惊一场之后，事情似乎就这么过去了。

但是到了农忙时节，爷爷在家里怎么也找不到

绠绳了。

　　绠绳是为了借用牛、马、骡、驴等牲口的畜力而特制的长绳。长绳的一端套在牲口的颈部，另一端拴在犁、耙、耧等较大的农具上，依靠绠绳的连接，农具便能够在畜力的带动下工作。

　　找不到绠绳，只能再买一套。

　　绠绳的丢失虽然没给爷爷的农活儿造成太多困扰，却成了爷爷心中的一团迷雾：家里有牲口的都有绠绳，而且绠绳很结实，不容易断，一套能用很多年，谁会要它呢？

　　后来，一次闲谈中，爷爷对父亲和母亲提起了这件事。

　　父亲、母亲虽然也觉得这件事很蹊跷，但并没放有在心上。过了一年多，答案揭晓了：母亲偶然发现了床下放着一套绠绳。

　　这时，母亲联想到小斌那次让人虚惊一场的"走失"，再想到爷爷怎么找也找不到的绠绳，似乎明白了一切。

　　母亲很生气：爷爷做农活儿的东西，你拿回来玩，这孩子非好好教训一顿不行！

放学后，母亲把小斌叫过来，指着缰绳问："这是哪儿来的？"

小斌见事情"败露"，只得承认是从爷爷家拿的。

母亲责问："你拿爷爷的缰绳干什么？"

"有了这个，就能使牲口。能使牲口，等我长大了，就能帮爷爷种地，还能帮妈妈种地。妈妈就不用那么辛苦了。"

听到这番话，母亲明白了，这个小小的人儿并非想拿缰绳玩耍，而是想帮母亲、帮爷爷使牲口种地。

母亲紧紧抱住了瘦小的孩子，眼泪夺眶而出。

小斌还有个显著的特点——不服输。

这个"不服输"也没少惹母亲生气。

小斌四五岁的时候，经常跟学校附近一位老师的孩子一起玩耍。

虽然担心小斌他们被大孩子欺负，但母亲自

己又是教书又是种田，实在是忙不过来，只能叮嘱小斌："不要惹事，被大孩子欺负就赶快回来找大人。"

前半句，小斌做到了；后半句，小斌往往做不到。面对那些调皮孩子的言语挑衅，甚至推搡，他都能忍让，却受不得他们欺负他的小伙伴，经常为了维护小伙伴与大他一两岁的孩子发生冲突，不时会带着磕破的皮外伤或者撕破的衣服回家。

看着这个不听话的孩子，母亲既是心疼，又是生气。

最令母亲生气的是那次的玩具手枪风波。

那一天，小斌与几个小伙伴玩打仗的游戏。其中一个小伙伴带了个漂亮的玩具手枪。

小斌和其他小伙伴的玩具枪不是木头刻的，就是塑料片压制的，这个玩具手枪的大小跟电影里经常出现的驳壳枪差不多，而且扣动扳机后能够发出以假乱真的枪声。

正当他们玩耍时，有个七八岁的孩子经过，一眼就看中了这把玩具手枪。

这个大孩子比较霸道，二话不说就向小斌的小伙伴索要玩具枪。小伙伴当然不肯给。这个大孩子直接上前扭住小伙伴，把玩具手枪抢了过去。

那名小伙伴吓得不敢反抗，其他小伙伴也不敢说话。

这时，小斌扑了上来，抓住玩具手枪就夺。

大孩子一边奋力挣脱小斌，一边威胁说："又不是你的东西，争个啥劲？再不放手，信不信我打死你！"

小斌倔强地说道："你抢别人的东西，就是不对。你不把玩具手枪还给他，我就不放手！"

大孩子见小斌不放手，便打他。

小斌也不还手，只是紧紧抓住玩具手枪。

见到小斌被打，小伙伴们纷纷上前支援，对那个大孩子出手：抱腿的抱腿，搂腰的搂腰，将他缠得跑也跑不掉，打也打不了。

最终，大孩子将玩具手枪还给了小伙伴。

虽然身上被打得青紫了好几块，但小斌很高

兴，因为他觉得自己守护了小伙伴最心爱的东西。

二、绿色的理想

小斌喜欢枪，拿到笤帚疙瘩也当作枪，弄到木头板子也刻成枪。问他为什么那么喜欢枪，他回答："我要像爸爸一样保家卫国！"

如果说小斌喜欢枪是出于男孩子的天性，那么，对英雄的仰慕就应该是家庭氛围对小斌影响的结果了。

皖北农村有贴年画的习俗。

小斌六七岁的时候，家里买了一张《三英战吕布》的年画，贴在了堂屋的墙上。

廖志斌直到现在还清楚地记得，那张年画非常精美，背景是一座关隘和周边连绵起伏的山峦，吕布面如冠玉，目如朗星，身披金甲，外罩大红披风，头戴三叉束发紫金冠，骑在赤兔马上，手持方天画戟，占据了年画左侧将近一半的位置，威风凛凛。吕布的右上方是头戴渗青巾、身穿绿袍的关羽。关羽手持青龙偃月刀,催着胯下白马,正向吕布杀来。关羽的右下方是身穿蓝衣、骑着一匹黄骠马的刘备。刘备手持雌雄双剑向吕布杀来。刘备的正下方是张飞。张飞头戴深红色头巾,身穿深红色战袍,骑着一匹神骏的黑马,环眼怒睁,手中丈八蛇矛正与吕布的方天画戟碰在一起。刘、关、张三人占了年画右侧二分之一多的面积,其中张飞在画面的最下方,也是欣赏者所见的最近处,形象最为完整,也最为细腻,关羽、刘备在较远处,又被张飞及其战马遮挡,形象不太完整,且有些虚化。

廖志斌很小的时候就听过大人们讲《三国演义》的故事,知道民间流传的"一吕二赵三典韦、四关五马六张飞"的高手榜,再加上这幅画的确生动传神,便来了兴致,没事的时候就喜欢站在画前看,有时候还边看边做动作,似乎自己就是画中人之一,要奋力击败对手。

这天,父亲见小斌又在画前抡拳挥掌,就想逗逗他,问:"小斌,你在打谁呀?"

"打吕布！"小斌毫不犹豫地回答。

父亲又问："吕布长得那么帅，武功又是天下第一，为什么打他呀？"

"他是三姓家奴，是坏人。当然要打他了！"小斌回答。

父亲乐了："呦嗬，你小子居然还知道吕布是三姓家奴。"

又问："你想当谁呀？"

"我想当张飞！"小斌说。

父亲感到很奇怪，问："为什么想当张飞呀？关羽是武圣，刘备是皇帝，当关羽、刘备不好吗？"

"我要当张飞，张飞最勇敢。"小斌指着年画说，"你看，他们三个人当中，就张飞跟吕布打得最激烈。"

父亲看了看年画，点头说："在这幅画上，张飞的确最勇敢。不过，我觉得你当岳飞更好。"

"岳飞是谁呀？他比张飞厉害吗？他能不能一个人打赢吕布？"听了父亲的话，小斌对岳飞产生了浓厚的兴趣。

"张飞、关羽这些人是豪杰。豪杰很有本事，也能为百姓着想，但是不如英雄。"父亲把小斌抱在怀里，坐到椅子上，一字一句地说道。

"什么是英雄？"小斌问。

父亲说："英雄，就是为了保护国家、百姓甘愿牺牲自己的人。他们当中有人武功高强，有人手无缚鸡之力，但只要一心为了国家，就是英雄。"

"岳飞是英雄吗？"小斌又问。

"当然是了。岳飞不但武功超群，而且足智多谋，为了国家更是万死不辞。他就是一个大英雄。"父亲回答。

说来也巧，小斌知晓岳飞不久，中央人民广播电台开始在晚间播放长篇评书《岳飞传》了。

那段时间，小斌晚饭后哪儿也不去，早早完成家庭作业，坐在半导体收音机前，等着著名评书表演艺术家刘兰芳开讲。收听评书的过程中，他总是把嘴唇抿得紧紧的，把眼睛睁得大大的，好像自己就置身于抗金杀敌的战场，与岳家军并肩战斗。除了《岳飞传》，小斌喜欢听的评书还有

《杨家将》《呼家将》。他喜欢这些故事里的英雄，崇敬他们为了守护祖国、守护人民不惜牺牲一切的情怀。

在廖志斌的少年时代，电视机还没普及，他闲暇时的精神生活除了通过半导体收音机收听评书，主要就是看连环画了。

廖志斌最喜欢看的连环画是《铁道游击队》《小兵张嘎》《小英雄雨来》《平原枪声》。看到勇敢的铁道游击队"扒火车、炸桥梁、破坏日寇铁路线"时，他为之鼓舞；看到张嘎用木头枪俘虏日军大队长时，他为之振奋；看到小英雄雨来凭借良好的水性在敌人的枪口下生还，他为之欣慰；看到苏建梅为揭穿叛徒壮烈牺牲时，他为之潸然泪下……

后来识字多了，廖志斌就不再满足于听评书、看连环画，而是开始看小说了。

小学四年级下学期结束，他从同学那儿借来了一本传统章回小说《岳雷扫北》。一天，母亲在打麦场里晒麦子，让他看着，别让麦子被鸡鸭或者小鸟吃掉，结果他看起了《岳雷扫北》，而且很快就沉浸在了岳雷率领众位英雄抵抗侵略、奋勇杀敌的故事中，全然忘记了自己防备鸡鸭鸟雀的任务。等母亲到打麦场来看时，只见到一个少年坐在树荫下聚精会神地看书，麦子被鸡鸭吃了不少。

这些电影、评书、连环画、小说对廖志斌的爱国主义启蒙教育起到了重要作用。

不知不觉中，少年廖志斌心中有了偶像。这些偶像中有精忠报国的岳飞，有横戈策马的戚继光、俞大猷，有镇守边塞的杨家将、呼家将，有挥洒青春和热血的解放军战士。

当很多同龄人还不明白为什么读书的时候，廖志斌已经有了自己的理想——考军校！

考上军校，就能和父亲一样，和董存瑞、黄继光一样，穿上绿军装，端起钢枪，守护国防！

为了能考上军校，廖志斌在小学、初中一直刻苦学习，顺理成章地考上了宿城第一中学高中部。

没想到的是，在这里他遭受到了上学以来最大

的挫折。高一时，他的成绩还能在中游徘徊；到了高二，廖志斌的数理化成绩开始跟不上，甚至一度落到全班后列。

学校召开家长会的时候，班主任对廖志斌的母亲说："这孩子成绩一直往下滑，是不是迷上玩什么，或者早恋了？"

母亲非常了解自己的孩子，坚定地回答："他只是还没找到适合这个阶段的学习方法。等他找到了，会有进步的。"

开完家长会，母亲并未责备廖志斌，因为她知道儿子已经尽力了。

最终，儿子也没让母亲失望，在期末考试中取得了比较好的成绩，在班里一次性进步了20多名。

学校再召开家长会时，请母亲上台介绍帮助廖志斌学习快速进步的经验。

老师和家长们都在台下坐着，想听听这位"花木兰"是怎么摇身一变成为"黄石公"，让儿子像大谋士张良那样茅塞顿开的。然而，母亲只简单地说了几句话，就走下了讲台。

这让台下的老师和家长们沉默了很久。

直到今天，74 岁的母亲还记得自己说的其中一句："他成绩的进步我确实也没啥说的，是廖志斌自己努力的结果。"

生活就像是一个长不大的孩子，有时候就是那么喜欢捉弄人。就在廖志斌不断成长进步的时候，一场悲剧发生了。

廖志斌有个弟弟，非常聪明，学习成绩很好，而且擅长书法、篆刻，刚刚被宿城第一中学初中部录取。在开学的前一天晚上，廖志斌躺在床上跟住在同一个房间的弟弟聊天。

廖志斌说："初中的课程比小学多得多。进入初中之后，你花在业余爱好上的时间要减少，学习上要多下点儿工夫，不然很难跟上。"

弟弟不以为然。

于是，兄弟俩争论了起来。

后来，弟弟还哭了。

第二天中午，廖志斌放学回家，发现弟弟的脸

色不对，以为他还在为昨天晚上的争执懊恼。追问之下，弟弟说："刚才打扫卫生的时候，不小心从楼梯上摔了下来。"

廖志斌对家里大人说："小弟脸色这么差，带他去医院检查一下吧。"

当天下午，检查结果出来了，是内出血。

没过几天，弟弟就离开了这个世界。

廖志斌很难过，而且很后悔，后悔自己在开学前一天竟然还跟可爱的弟弟争执。

廖志斌的心都要碎了，眼泪大颗大颗地滚落下来。

父亲说："志斌，弟弟已经没了，再伤心也无济于事。你要安心学习，不要再让妈妈操心。"

廖志斌听了父亲的话，擦干眼泪，把悲痛埋进心底。他把所有的精力都放在了学习上。

弟弟没了，他感觉肩上的担子更重了。弟弟的理想也是成为一名英姿飒爽的解放军指战员。现在，他不再只为了自己的梦想而学习，他还要带着弟弟的那一份志向，带着父母的殷殷期盼而努力。

廖志斌一直很努力，教过他的很多老师都说过这样一句话："我教过的学生中，廖志斌也许不是最聪明的，但肯定是最努力的。"

天道酬勤，但天道并不是每一次都按照努力的程度分配收获。那年高考，廖志斌没能考上心仪的军校。

高考成绩公布之后，廖志斌将自己反锁在房间里，三天都没有走出房门。他并不是多愁善感的人，但这次与军校擦肩而过，令他难以接受。

这三天，他躺在床上，想了很多很多。他设想自己到普通高校去读书，毕业后去政府部门或者企事业单位，然后结婚生子，过着波澜不惊的生活。他告诉自己："这不是你想要的！"

第三天，蓬头垢面、双目通红的廖志斌打开房门，告诉父亲和母亲："我要复读，我一定要上军校！"

父母都很理解他，表示支持。

就在当年秋季，父亲的一位老战友来宿州主持征兵工作。

老战友相聚甚是欢喜，闲聊中，在得知廖志斌的情况后，父亲的老战友提出了一个新思路："这么好的苗子，直接参军，在部队里考军校，应该问题不大。"

父亲这位老战友的话像清风一样，吹开了廖志斌心中的迷雾：是啊！直接参军，早一年进入军营，更有利于适应军校的生活；在部队里考军校，不但要考文化课，还要看军体成绩，自己身体柔韧性好、协调性好的优势也能充分发挥。

就这么定了！

对他的这个决定，一向最理解、最支持他的母亲反对：去上大学，不能去当兵！

廖志斌见母亲不支持自己，往床上一躺，连续几天不吃不喝，跟母亲闹起了别扭。

父亲作为有着 12 年军龄的老兵，对廖志斌的决定既理解，也支持。

父亲对母亲说："孩子想参军，就让他去吧。想上大学，在部队里也能考军校。"

母亲也说出了自己的担忧："在部队考军校，录取比例很低，万一考不上怎么办？我看不如上个普通高校稳当。"

"以小斌的身体素质和文化水平，考军校肯定没问题。"父亲微笑着说，"让孩子上自己心仪的大学，走自己想走的路，不正是你一直希望的吗？"

最终，母亲被父亲说服，选择了支持廖志斌。

三、良好与不及格

廖志斌虽然不算高大，但身体结实匀称，协调性很好，参军体检指标全部优良。他顺利地进入了梦想中的军营。

进入军营，只是廖志斌的第一步；留在军营，用自己的一生守护这片土地和这片土地上的人民，才是廖志斌理想的全部。

为了这个理想，廖志斌从到部队的第一天开始，就全身心地投入学习和训练中。

新兵入伍，要先在新兵连学习和训练。廖志斌到新兵连没几天，就发生了一件大事——有人为逃避训练跑出了军营。

新兵连的学习和训练强度很大，除了星期天，在这里是几乎没有私人时间的，白天除了训练就是学习，除了学习就是训练，每天还要围着操场跑圈，一天下来，剩下的就只有睡觉的时间了。一名新兵承受不了这种严格的训练，跑了出去。

纪律严明的解放军部队是不允许私自离开军营的。于是，那个新兵被遣送回原籍。

看到那名新兵狼狈地离开，廖志斌暗暗告诫自己：就是累倒，也不能装孬当逃兵！

可是，廖志斌很快就遇到了自己的困难。

他的困难是 400 米障碍项目。

廖志斌的身体协调性很好，第一次考核 400 米障碍项目，成绩属于"良好"档。

第一次考核与第二次考核之间有一个月的间

隔，廖志斌满以为靠着这一个月的勤学苦练，一定能提高到"优秀"档；哪知道苦练了十几天，成绩没怎么提高，有时候发挥不好，成绩甚至还会下滑。

"良好"，对很多新兵来说是个不错的成绩，但在廖志斌看来，却远远不够——如果在新兵连都不能出类拔萃，还怎么考军校？还怎么守护祖国？

廖志斌决定：既然在 400 米障碍项目上难以提高，其他项目就必须全部名列前茅！

然而对廖志斌而言，这些项目中有个比 400 米障碍更不"友好"的项目——投掷手榴弹。

廖志斌虽然很敏捷，但臂力不强，再加上没掌握好动作要领，第一次投掷手榴弹时，只投出了 28 米的成绩。这个成绩的归档是"不及格"。

廖志斌连"良好"都很难接受，当然更不能容忍"不及格"。他要将投掷手榴弹项目练到"优秀"档。

"优秀"档的标准是 50 米。28 米与 50 米，

中间足足差了 22 米！

对于投掷手榴弹项目，别说提高 22 米，提高三五米都很难。

有的战友打趣说："提高 22 米？提高 2.2 米还差不多！"

廖志斌微微一笑，没有说话，因为他下定决心要用成绩说话。

这个项目想提高成绩，没有捷径可走，唯有苦练。

苦练？

廖志斌乐了——我就是不怕苦！

他开始加练投掷。每天晚上一有时间，他就跑到操场去练。由于练得太狠，没过几天，廖志斌的胳膊开始肿胀，夜里疼得睡不着。但这点儿痛苦对他来说并不算事儿，头天夜里还疼得睡不着，第二天打起背包带，继续练。

随着胳膊的肿了消，消了肿，廖志斌投掷手榴弹的成绩稳步提升：3 米、5 米、7 米、8 米、9 米、10 米……功夫不负有心人！终于，廖志斌能稳定地投出 40 米了。

投掷手榴弹项目 30 米及格，40 米算是非常不错的成绩了。战友们纷纷向他表示祝贺。

班长以为廖志斌投出 40 米之后就不会再练手榴弹投掷了，哪知道这个新兵蛋子还是一逮到机会就练。

班长劝他说："按照你的体形，能投到 40 米就很不错了。再练，也很难上去了。"

廖志斌却说："班长，让我继续练吧。我想冲击一下优秀成绩。"

看着这个神情坚毅的新兵，班长点了点头。

接下来的日子里，廖志斌继续打着背包带练习胳膊的臂力及爆发力。

最终的考核，廖志斌掷出了 58 米的成绩。50 米以上属于"优秀"档。

当有人问起是什么促使他当年那么拼命地练习投掷手榴弹时，廖志斌微笑着说："应该是信念吧。"

的确，廖志斌的投掷手榴弹项目从"不及格"

到"优秀"，其间就是考上军校，从而终生守护祖国、守护人民的信念一直在激励着他。

平凡与卓越之间，其实只隔着两个字——信念。

四、射击与跑圈

如果说廖志斌投掷手榴弹项目的进步颇有些戏剧性，那步枪射击项目就只有枯燥的练习了。

对战士们来说，射击是个很重要的项目。枪法高，才能在战场上杀敌，才能守护祖国和人民。因此，新兵连训练项目中最重要的，就是射击。

训练之前，很多新兵认为射击很有意思：威风凛凛地端起枪，对着靶子射击，一枪比一枪打得准，一枪比一枪环数高，最终成为光荣的神枪手。

真正的训练一开始，他们才发现根本不是那么回事儿。别说打靶了，连子弹是什么样的都没看到过，一连十几天，都是趴在操场的草地上练卧姿瞄准。

刚趴下去还好，时间一长就不行了，身上太阳晒着，身下草叶扎着，还有小虫子时不时地落在脸上、手臂上，让人很是难受。最要命的是，射击训练往往一趴就是一两个小时，中间一动都不能动。

射击训练的时候，有些新兵会趁班长不注意的时候擦擦汗，廖志斌却是令行禁止，任凭汗水流淌，任凭蚊虫叮咬，纹丝不动。

有战友对廖志斌说："不就练个瞄准嘛，至于这么认真吗？"

"现在好好练，实弹射击才可能取得好成绩。"廖志斌回答说。

每一滴汗水都不会白流。在射击项目的考核中，廖志斌 5 发子弹打出了 48 环的好成绩，名列新兵连第一。

提起廖志斌，认识他的人都会说到"踏实"两个字。

在新兵连里，廖志斌依旧很踏实——对于部队安排的学习和训练任务，从不打折扣。

比如跑圈，廖志斌从来都是一丝不苟。

所谓"跑圈"，就是为了提高新兵的体能，每天晚上，班长就会带着全班的新兵围着操场跑步，一次是 13 圈，大概 5000 米出头。

白天训练了一天，这些十八九岁的小伙子当然会疲劳。

疲劳的时候跑圈，难免有人偷工减料。

一个班有十来个人，每个班都围着操场跑。那么多班，有几十个人同时跑圈。到底谁跑了 9 圈，谁跑了 8 圈，谁跑了 10 圈，班长很难一个一个看清楚。有的新兵就趁机跑慢一些，等到跑得快的战友在从后面赶上来，就可以少跑一圈。

廖志斌无论多累，从来没有少跑过一圈，都是实打实地跑够圈，而且每次都努力跑出自己最好的状态、最好的成绩。

有一次，班里跑圈。一名战友跑着跑着就慢了下来，被廖志斌甩了一圈从后面赶上。

廖志斌当时还不知道其中的猫腻，关心地问："怎么了，是不是身体不舒服？"

那战友笑着说："没事儿，就是想少跑一圈。"

见廖志斌沉默不语，那战友又说："操场这么多人，班长又看不到，怕什么？"

"这跑步训练又不是给班长跑的，是给自己跑的，通过长跑训练，不仅能够提高我们的肺活量，增强耐力，更重要的是能磨炼我们的意志。你少跑一圈其实是在欺骗自己。既然跑了就好好练，这样我们的体能才能越来越好。"

见战友有些触动，廖志斌就说："意志品质好，耐力好，就算以后离开军营，对工作生活也会有帮助。"

战友听了这番话，以后跑圈再也不投机取巧了。

廖志斌当时并不知道，在他和这位战友身后，他们营里的通讯班长也在跑圈。通讯班长听到这番话，就对他特别留意。新兵连训练结束后，那位通讯班长点名把廖志斌要到了他们班。

在通讯班，踏实刻苦、机灵敏捷的廖志斌更是如鱼得水，很快就成为班里的骨干。

五、去与留

1997 年 8 月 30 日，正在训练的廖志斌，被

连队的文书叫了过去："你家里让你给回个电话，有急事找你。"电话接通后，那头传来的是小姨低沉的声音："你爸在医院呢，你看能否请个假抓紧回来下。"此时，廖志斌的直觉告诉他，事情肯定非常严重。办好请假手续，廖志斌急忙往家里赶，然而他最终未能见到父亲最后一面。父亲遭遇车祸，在廖志斌赶到家之前抢救无效死亡。廖志斌感觉天旋地转，难过得连站都站不住了。父亲走了，家怎么办？母亲怎么办？妹妹怎么办？巨大的悲痛向他袭来，一时间，他不知道自己该怎么去面对。

青年丧父，是人生最痛苦的事情之一：失去了最亲近、最依赖的人，再也无法握住那双温暖厚实的手掌，再也无法依靠那宽阔的胸膛，再也无法拥有往日的甜蜜和欢笑……

帮着母亲处理完父亲的丧事，廖志斌回到了军营。

在军营里，他将全部的悲痛都化作了动力，比以往更加刻苦地学习，训练，以此告慰父亲的在天之灵。

1998 年夏季，长江发生自 1954 年以来的又一次全流域性大洪水。长江中下游干流沙市至螺山、武穴至九江共计 359 公里的河段水位超过了历史最高水位。鄱阳湖水系"五河"、洞庭湖水系"四水"发生大洪水后，长江上中游干、支流又相继发生了较大洪水，长江上游先后出现 8 次洪峰。长江中下游干流和洞庭湖、鄱阳湖共溃垸 1075 个，淹没总面积 32.1 万公顷（482 万亩），耕地 19.7 万公顷（295 万亩），受灾人口 229 万人；长江中下游五省受灾尤为严重。

人民生命财产受到威胁，党和国家果断决策，派出解放军战士参加抗洪抢险。

廖志斌所在的部队被调往受灾最为严重的湖北省，在石首市调关矶头驻守。

调关矶头位于长江荆江河段"调弦口"下端，地处弯道顶点，是荆江的险工段，溃堤、溃坝的风险极大。

廖志斌所在的部队被派往这里是有原因的。因为这支部队是战功赫赫的"沙家浜连"。

　　"沙家浜连"的前身为新四军浙东抗日游击纵队。1939年2月，根据中央"向南巩固、向东作战、向北发展"的战略方针，新四军第6团根据陈毅的部署，向沪宁线东路地区进发，与当地抗日武装江南抗日义勇军会合，随后以江南抗日义勇军名义东进到苏州地区，后以在阳澄湖畔沙家浜休养的36个伤病员为骨干组建起来的"江抗特务连"，在苏（州）常（熟）太（仓）地区与日本侵略者展开周旋。1941年1月"皖南事变"后，"沙家浜连"编入新四军第6师18旅。

　　作家崔左夫将沙家浜连在抗日时期的英勇事迹写成报告文学《血染着的姓名》。后来《血染着的姓名》被改编为沪剧《碧水红旗》，此剧后改名为《芦荡火种》，1963年改编为京剧《沙家浜》，1971年拍成电影。

　　抗日战争胜利后，"沙家浜连"依然战斗在为人民谋幸福、为民族谋复兴的最前沿。

　　1947年1月，"沙家浜连"所在部队改编为华东野战军第1纵队，解放战争中作为华东野战军主力，转战于华东战场，参加过孟良崮战役。

1949 年 2 月，"沙家浜连"编入中国人民解放军第 20 军 59 师 175 团，随后参加了渡江战役。

1949 年 5 月下旬，沙家浜部队参加解放上海战役，晚上进入市区后，为不惊扰群众，战士们就露宿在马路边。胜利之师睡马路，自古以来所没有。第二天早上，上海市民看到马路边的战士，大受感动，都说"这是真正的子弟兵，我们欢迎这样的队伍"。

1950 年 11 月，"沙家浜连"编入中国人民志愿军，跨过鸭绿江，先后参加了第二次、第五次战役和"三八线"上的阻击战，完成 43 天的战斗任务后，北移整训，于 1952 年凯旋。

1952 年 10 月，"沙家浜连"所在部队驻防浙江，20 军军部在浙江杭州，属华东军区（1955 年后改为南京军区）。

1955 年 1 月，"沙家浜连"所在部队与华东军区海、空军共同参加解放一江山岛战斗。这是解放军历史上第一次三军协同作战的战斗。"沙家浜连"为解放一江山岛立下赫赫战功。

1975 年，"沙家浜连"所在的第 20 军与济南

军区的第 1 军防地对调，移驻河南省。

1979 年 2 月，"沙家浜连"所在部队参加了对越自卫还击作战。

这支特别能战斗的部队在和平建设时期又一次冲锋在前。

与以往历次战斗不同的是，这次的抗洪抢险没有硝烟；与以往历次战斗相同的是，这次的抗洪抢险一样是为了保护人民的生命财产安全。

要守住调关矶头，必须加固大堤。

廖志斌他们的任务就是做沙包，堆在大堤上，防止洪水冲过来。

做沙包，需要土。

做沙包容易，背土难。大部分战士的任务就是背土。廖志斌也在其中。

每天在堤坝附近背土，无时无刻不面对汹涌的洪水，廖志斌不但没有感到畏惧，反而有一种得偿所愿的感觉：我参军就是为了报效国家，守护人民，抗洪正是一次报效国家、守护人民的好机会啊！

起初，他们住在附近村子的一间大房子内，虽然是席地而卧，好歹上有屋顶，下有四壁，不怕风吹雨淋，也没有蛇鼠侵扰。

后来，形势更加危急，长江第六次洪峰进入荆江河段，党中央发布命令，要求沿江部队全部上堤，死保死守，夺取抗洪抢险的最后胜利。

于是，廖志斌和战友们白天背土做沙包，晚上就直接在大堤上和衣而眠。

面对滔滔洪水，廖志斌并没有太多的情绪，因为实在太忙——白天一直不停地做沙包，背沙包，根本没有时间去想太多。

直到有天晚上，廖志斌躺在堤坝上准备入睡的时候，听到堤坝下面的流水声，心里才有点儿发怵：堤坝一旦崩溃，首当其冲的就是自己和战友。而自己这个北方的旱鸭子，虽说勉强算是会游泳，可面对来势汹汹的洪峰，根本不顶用。

不过，当看到自己身上的绿军装时，他猛然警醒："我们身后就是老百姓。我们不顶在前面，他们怎么办？从小就崇拜精忠报国的岳飞、杨延昭、狼牙山五壮士，现在学习他们、效仿他们的机会来了，还能退缩吗？"

想通了这一层后，廖志斌再也没犯过嘀咕。每天早上一醒来，看到战友们一个个精神抖擞，斗志昂扬，他更是热血澎湃了。

当时正值夏季，大堤上草木葱茏，蚊虫肆虐，不过在经过白天的劳累之后，战士们根本感觉不到蚊虫叮咬，每晚都睡得很香。廖志斌也是如此。

一天夜里，廖志斌正睡得香甜，突然感觉有什么东西在身上爬，但实在太困，睁不开眼睛，也就干脆不管它了。旁边的战友恰巧醒来，看到一条蛇在廖志斌身上游走，他不知道这条蛇是不是毒蛇，吓得大气不敢出，唯恐惊扰到它，廖志斌会被蛇攻击；也害怕廖志斌会突然醒来，惊到蛇，被蛇攻击。好在，这条蛇很快爬走了，廖志斌并没有醒来，战友惊出一身冷汗。第二天，听战友说起这件事，廖志斌倒感觉有些庆幸——自己最怕的就是蛇，若是昨夜没那么困，睁开眼睛看到蛇从身上爬过，指不定会出什么洋相呢，大叫着跳起来也是有可能的。

后来又有两次蛇又从身上爬过，有了上次的经验，廖志斌没那么害怕了，只要屏住呼吸，身体不动，蛇并不主动攻击。有过几次这样的经历之后，廖志斌感觉蛇也没那么可怕，白天或者夜里再遇到蛇也不再那么紧张了。

不光有蛇，还有老鼠，廖志斌和战友们对这些蛇、鼠之类的东西，从开始的害怕到后来的坦然自若，他们经受住了这些考验。作为一名军人，怕蛇和鼠，那不是笑话吗？蛇、鼠以及蚊虫，与凶猛的洪水比起来又算得了什么呢？

廖志斌和他的战友们一起，不怕劳累，不怕牺牲，英勇无畏地投身抗洪抢险的战斗中。

在这次抗洪抢险中，"沙家浜连"官兵先后搜救转移群众900多人，抢运贵重物品价值80多万元，搭建简易房、帐篷610间（顶），谱写了军民鱼水情深的崭新篇章。

由于他们在这场抗洪救灾中的突出表现，"沙家浜连"被中央军委授予"抗洪抢险英雄连"荣誉称号。

廖志斌也因为在抗洪抢险中表现出来的英勇

无畏，在大堤上光荣地火线入党。

抗洪抢险结束后，廖志斌这批入伍的战士服役期就快满了。

对于大多数战士而言，服役期满是一件让人快乐的事情——完成了保家卫国的使命，能够回家团聚，自豪且幸福！

廖志斌却陷入了痛苦的抉择之中：留在军营，肯定能考取军校，顺利成为一名解放军指战员，为国家和人民挥洒青春和热血。这是自己的理想，也是父母的期望。但父亲去世之后，家里就只剩下母亲和年幼的小妹了。那 20 多亩田地，绝非母亲日渐消瘦的身躯和小妹柔弱的肩膀能够撑起来的。

怎么保障母亲的生活？怎么让小妹安心读书？这两个现实的问题摆在了廖志斌面前。

跟同年入伍的战友一同退伍，就要告别自己自幼就深植于心的职业军人梦，也会令母亲失望；留在军营，家人的生活质量很难得到保障，小妹的学业势必受到影响。

去或留，无论怎么选择，对廖志斌来说都很残忍。

连长看出了廖志斌的心思，一天傍晚，喊他到操场谈心。

深秋的夜晚，皓月当空，清风习习，草木的清香伴随着秋虫的鸣叫飘来，让人感觉生活的美好；但对廖志斌来说，这样的夜晚更让他内心焦灼。失去了父亲，家里没有了顶梁柱，作为家里的男人，他应该接替父亲支撑起家庭，担负起一个长子应该承担的责任；作为军人，他要对得起部队，对得起人民对他的培养。怎么办？廖志斌陷入了深深的苦闷之中。

连长看着在夜色里沉默的廖志斌，亲切地说："小廖，你是个优秀军人，非常适合在部队发展。你家里的情况，我和指导员也都知道。连里商量过了，如果你报考军校，就推荐你；如果你选择复员，连队也支持你。"

廖志斌的眼泪一下子涌了出来，说："可我从小就想守护祖国呀。"

连长又说："祖国繁荣昌盛，需要咱们军人的守护，但也同样需要各行各业的共同发展。无论是在军营内，还是在军营外，只要时刻想着人民

利益，想着人民冷暖，就是守护祖国！"

听到这里，廖志斌的眼睛亮了起来，问："这么说，回到地方工作也能守护祖国，守护人民？"

连长点了点头，说："能！你肯定能！"

男人的责任与担当，让他最终选择了复员。

1998年12月，廖志斌眼含热泪脱下军装，依依不舍地告别了军营，也告别了那个曾经让他热血沸腾的军校梦。

当他到家的时候，母亲惊呆了，她怎么也想不到离军校只有一步之遥的儿子竟然选择了退伍。

当年，廖志斌放弃了上大学的机会，非要参军入伍，母亲怎么劝都不听；如今，廖志斌又放弃了近在眼前的就读军校机会，事先都不跟母亲商量一下。

母亲非常生气——家里的事情有我来管，你只管上军校就行了，怎么能半途而废呢？这个不听话的孩子！

母亲既伤心难过，同时又感觉欣慰，儿子终于长大了，她和女儿又有了靠山，这个家终究要靠志斌支撑起来。

第二章　状元的徒弟

一、99+1

2000 年，退伍后的廖志斌被安置到了宿州电业局。

此前，廖志斌对电力并不算熟悉，对电的了解基本停留在小时候的一些印象中。

他从小就对机械很感兴趣，喜欢将家里的钟表拆开，把里面的零件一个一个地拿下来。不过，他与其他那些喜欢拆钟表的孩子不同，他在拆的同时，还会拿起纸和笔，详细记录每个零件的位置。这样一来，等所有零件拆完了，他还可以对照纸

上记录的位置，再把零件一个一个地装回去。因此，他虽然喜欢拆卸钟表，却并没有把零件弄得一团糟，把钟表拆得没法修。

收音机，在今天是只存在于博物馆的东西，在廖志斌小的时候可是了解新闻、听评书、欣赏音乐的主要工具，几乎每家都有一台。当时普及的半导体收音机与后来普及的电子管电视机一样，有很多元件，时间一长，这些元件就容易出故障，影响收听。家里的半导体第一次出故障时，廖志斌就像拆卸钟表那样，一边把零件拆下来，一边在纸上记录每个零件的位置，刚拆了几个零件，就发现有一个零件接触不良。他找出烙铁、松香、锡块，将烙铁加热后，点一点儿松香，再点一点儿锡块，利用烙铁上的松香、锡混合体，将接触不良的零件焊牢；再将其余的零件一一复原，问题就解决了。收音机又响了起来。

父亲先是在部队，转业后又在邻镇工作。廖志斌是家里最大的孩子，一向胆大心细，再加上有成功拆装钟表、修好收音机的"业绩"，母亲就放心地把换灯泡、修收音机这些事儿交给他了。

不过，廖志斌很快就受到了教训。一次在家里接灯泡，他不小心将正负极碰到了一起，爆起一团火花。廖志斌吓得两手一松，呆立了足足有一分多钟。从此以后，他对电又是好奇又是畏惧。

后来又有一次，廖志斌在亲戚家见到一盏造型很别致的床头灯，就想看看开灯之后会是什么样子，便伸手去按开关。却不料开关漏电了，一按之下，他感觉浑身一震，吓得赶紧松了手。这次，廖志斌对电的好奇和畏惧又加深了。

直到上了初中，在物理课上学到一些关于电的知识，那种畏惧才减了几分。

电力是个专业性很强的行业。作为电力素人，廖志斌跟其他退伍军人一样，需要进行为期两年的退役军人岗前培训，合格之后才能上岗。

当时，安徽省电力系统的退役军人岗前培训班全部安排在合肥电力学校。

合肥电力学校坐落在安徽省的省会合肥。

　　2001年3月，廖志斌到合肥电力学校参加培训。由于在部队表现突出，他被任命为培训班的学习委员。

　　合肥是一座非常美丽的城市，有宽阔的马路和雄伟的建筑，有霓虹灯闪烁的四牌楼商业中心。在这里，能凭吊逍遥津古战场的金戈铁马，能缅怀一代名臣包拯的清正廉明，能领略中国第五大淡水湖——巢湖的水光潋滟，能观赏中国科技大学校园的樱花缤纷。

　　对退役军人岗前培训班的年轻学员们来说，合肥无疑是令人眼花缭乱的。大多数学员都喜欢在课余时间四处游览，而廖志斌却把更多的时间用于学习。

　　廖志斌深知：自己作为一个电力的门外汉，两年后就要守护电网，不下功夫学习肯定不行。

　　在接下来的时间里，廖志斌开启了"三更灯火五更鸡"的苦读模式——课余时间除了吃饭睡觉，就是体能锻炼和业务学习，逛街购物也好，观景赏花也好，都不在他的日程安排之内。

廖志斌的努力付出没有白费，培训学习的两年里，共四个学期，廖志斌三学期全校第一，一学期全校第二。

他的理论课成绩优秀，业务实操课成绩一样优秀，配电安装、钳工、登杆练习也全都是第一。

按照惯例，配电安装的模板都是退役军人岗前培训班往届学员最优秀的作品。如果某一届的学员能做出更好的作品，那么这一届的作品将取代过去的作品，成为模板，传到下一届，甚至下几届。到了这一届，廖志斌的配电安装作品成了模板。

那几年，合肥电力学校为退役军人岗前培训班设计的成绩单只有两位数，也就是说成绩单上的最高分只有99分。

这也很好理解，一来是这些科目很难拿到满分100分，比如语文等有写作等主观题的科目，多多少少都要扣点儿分；二来是退役军人大部分长时间脱离语文学习，90分左右就已经是拔尖的成绩了。

2003年初，廖志斌所在的退役军人岗前培训班完成了为期两年的培训，举行了毕业考试。

在毕业考试中，廖志斌考出了数学满分100的成绩。

负责打印成绩通知单的老师这下犯了难——人家明明考了100分，我只能打印出99分的成绩，这算怎么回事儿！

最终，这位老师决定先用电脑打印出成绩单，然后在数学分数的"99"后面手写了"+1"。

于是，廖志斌的数学成绩就成了"99+1"。

二、状元师父

从退役军人岗前培训班毕业后，并不能马上投入到电力生产一线，还要参加公司关于安全规程等内容的课程培训。

2003年初，25岁的廖志斌完成为期两年的退役军人岗前培训，回到宿州供电公司，当时好几个工区都有岗位空缺，但需要竞聘上岗。

对于退役军人岗前培训班总成绩全省第一的廖志斌来说，在地市公司范围内的上岗竞聘并不是问题，问题是应该选择哪个工区。

有人给廖志斌分析各个工区的"利弊"，说："以你的能力，这么多工区肯定是任你挑选。想学供电企业的核心技术，就去修试工区或者调度中心，很快就能熟悉整个宿州电网；想锻炼协调能力，就去电费中心或者客户服务中心，很快就能了解营销服务这一块。但是有一条，去哪儿都不能去线路工区。"

的确，线路工区的工作非同一般：比如巡视线路要风雨无阻，辛苦是必然的；比如既要跟设备打交道，了解输电线路、电力杆塔的状态，又要跟人打交道，协调输电线路防护区内建房、施工、植树等问题；比如要登高作业，有时甚至要在输电线路带电的情况下登上几十米的杆塔作业……

客观地说，线路工区对技术水平、协调能力、吃苦精神等方面都有更高的要求。廖志斌偏偏就想去线路工区。

他自 1996 年参军起，就凭着不服输、肯钻研的劲头成为骨干，连续两年被评为"优秀士兵"，并获得两次嘉奖，还在 1998 年长江流域抗洪抢险中火线入党。这样的一个人，怎么会惧怕挑战？

而且，廖志斌在部队时是有线通信兵。有线通信兵需要经常爬杆子架设通信线路，跟线路工区的工作有相似之处。他认为，有通信兵的经历作为基础，到线路工区工作更容易上手。

廖志斌想去线路工区还有一个更重要的原因：线路工区有一个输电线路方面的能手——许启金。

许启金的成长历程堪比励志小说：1980 年高考落榜后，他在老家宿州符离镇卖过烧鸡；1982 年，经过招工考试、入职培训等一系列程序，他在政府组织的社会招工考试中脱颖而出，来到供电局工作；进入供电局之后，许启金一心扑在工作上，白天跟着师傅们学习登杆技术，晚上抱着书本学习电力专业知识，周末骑上自行车去郊区的变电站外对照各种设备的名称和用途，不但很快就能一口气爬上杆顶，而且将设备的名称和用途烂熟于心；2002 年，他对 220 千伏南姬线路 28 号塔、29 号杆导线的相间距离改造方案大胆提出不同意见，提出自己的方案，仅仅花费 2000 多元就解决了问题，节约经济成本 40 多万元，缩短工期 30 多天，一举成为安徽省输电专业的专家；2002 年底，许启金为了提高拆、装挂点螺栓的效率，潜心琢磨，精心设计，制作出"输电线路吊点卡具"，荣获全国"舜杰杯"一等奖，被授予国家专利，许启金所在的 QC 小组被评为"全国优秀质量管理小组"；2003 年，许启金通过技能鉴定，成为送电线路工高级技师……

因为工作成绩突出，持续坚守一线播撒光明，许启金从一名电力"门外汉"成长为"全国劳动模范""全国道德模范""央企楷模"，光荣当选党的十九大代表、全国政协委员等。他不是学者，却是广受赞誉的"状元技工"。

廖志斌认为：无论干什么专业，都要尽自己的努力干到最好；在许启金这样的能手身边，只要肯学，就能学到第一流的技术。

最终，他报了线路工区。

没有悬念，在宿州供电公司当年接收的 18 名复转军人中，廖志斌笔试第一，面试第一，总成绩第一，如愿以偿地进入了线路工区，成了许启金师傅的徒弟。

从此，属于廖志斌与许启金的传奇师徒情缘开始了。

真正到了线路工区之后，廖志斌才知道电力的线路和杆塔跟通信的大不相同：其一，通信线路只带对人身安全没有威胁的弱电，通信杆塔正常情况下根本不带电；而电力的线路和杆塔在正常情况下都是带对人身安全有威胁的强电。其二，通信杆塔相对矮小，攀登的难度系数和危险系数都不高；电力杆塔相对高，有的甚至高达几十米，攀登的难度系数和危险系数都比较高。

尽管一上来有些发怵，但廖志斌的字典从来没有"退缩"这个词。

既然选择了，就不后悔，更何况还有师父许启金在身边。

为了赢得挑战，也为了在许启金身边多多学习，廖志斌不管是学习还是工作，都劲头十足，全力投入。

由于身体素质好、掌握技术快，每次工作廖志斌都能提前完成。完成工作以后，廖志斌就帮助其他同事工作。

有的同事说："小廖，你刚参加工作，评先评优、提拔重用都还轮不到你，何必这么累！"

廖志斌回答说："我是新手，多干一点儿才能更快掌握技术。"

廖志斌珍惜在许启金身边工作的机会，许启金也很欣赏廖志斌。

早在廖志斌报名竞聘线路工区的时候，许启金就听说了这个年轻人的事迹：当年在部队，愣是凭着日复一日的夜间加练，将手榴弹投掷项目的成绩从"不及格"的28米提高到了"优秀"的58米；退役军人岗前培训班四个学期考试和毕业考试，

除第二学期名列第二，其余全部名列第一；退役军人岗前培训班毕业考试数学满分 100，使得打分老师不得不在只能打印两位数分数的成绩单上先打印出"99"，再手工添上"+1"；他在退役军人岗前培训班的配电安装作品成为模板，传到了下一届。

在这个不服输、爱学习、为人谦虚的小伙子身上，许启金看到了自己当年的影子。

于是，许启金将自己的心得和经验倾囊相授。

在许启金的指导和自己的琢磨下，身体协调性突出的廖志斌很快便练成了一招绝活儿——甩绳坠子。

绳坠子是指清理影响输电线路安全运行的树障时，为了限制树枝掉落或树木倾倒的方向而绑在其上的缆风绳的引绳。甩绳坠子就是要将引绳抛过树杈，以便接下来带动整条缆风绳。

别看这简单的一抛，那可是相当不容易。有的人一次就能准确地将引绳抛到理想的位置，有的人十几次、几十次也未必能够做到。

廖志斌在工地的时候，没事就琢磨甩绳坠子的窍门。

熟能生巧。练了几个月之后，还真给他掌握了技巧。打那以后，他甩绳坠子一般都是一下就中，偶尔遇到枝叶繁茂的树木，最多也就两下。

诸如此类的钻研琢磨，廖志斌还做过不少。

廖志斌的优秀表现被线路工区的领导看在眼里。带电作业班一直都是线路工区的加强班，是能啃硬骨头的"尖刀班"。2006年，线路工区根据市公司文件要求，调整了基层班组人员，为加强带电班的技术力量，开展了内部竞聘。通过竞聘，廖志斌来到了带电作业班。

这次，师父许启金成了班长，徒弟廖志斌成了班组成员，他们的关系更密切了。

三、两　全

工作方面进展顺利的同时，廖志斌还惦记着家庭。

2000 年，廖志斌结婚了，妻子叫朱晓芬，在宿州市粮食部门工作。

婚后第二年，廖志斌就去参加退役军人岗前培训了。之后的两年里，廖志斌基本都在合肥学习，很少回宿州。家务也好，家里的农田也好，大部分都落在了其他家庭成员的身上。廖志斌只能在双休日、节假日回家探亲时才能搭把手。

2001 年 8 月，女儿小宇出生。家里更忙了，妻子的大部分精力都用在照顾小宇身上。为了更好地照顾这个家，母亲选择了提前退休。

提前退休，工龄就短，养老金会少许多。但为了能够照顾这个家，母亲只能在 50 岁时，提前 5 年退休。

即便这样，母亲一个人也是做不了那么多农活和家务的。幸好妹妹长大了，能够帮母亲做一些，减轻一些压力。

2002 年，廖志斌在退役军人岗前培训班的第二年，全国粮食系统改制，朱晓芬下岗了。

这时候，廖志斌还没有正式上岗，只发基本工资，够他自己一个人的生活费，其他家庭成员的吃穿用度主要靠朱晓芬和母亲的工资，还有农田。现在朱晓芬下岗了，只靠母亲一个人的收入，不可能撑得起这个家。

怎么办？

朱晓芬思考了很久，决定开一家专卖粮油制品的小商店，一来补贴家用，二来也不能在二十出头的年纪就窝在家里与社会疏离。

廖志斌认为妻子的想法很有道理，表示支持。

于是，朱晓芬的粮油制品专卖店开了起来。由于商店的经营模式是用原材料换粮油制品，她需要经常蹬着三轮车去拉货。三轮车装满货物足足有几百斤重，这对一个女子来说，非常辛苦。

朱晓芬的辛苦缓解了这个家庭的经济困难。但人生就是这样：一个问题解决了，另一个问题又来了。

朱晓芬要经营粮油制品专卖店，就没时间看孩子，做家务，干农活儿了。于是，这些事情全部落在了母亲和小妹的身上。

2003 年初，廖志斌完成了退役军人岗前培训，回到了宿州。

廖志斌原本想正式上班以后，利用业余时间多陪陪家人，多分担一些家务，让母亲、妻子、小妹不再这么劳累。但是，他工作繁忙，而且刚刚上班，需要学习的地方还很多，天天忙得不亦乐乎，终究还是没能帮家人做上多少事情。

2003 年 11 月，小妹出嫁。小妹出嫁后，所有的庄稼活儿、大部分家务都得由母亲一个人承担。

幸好，科技在进步，宿州农村当时已经广泛使用小型收割机，虽然不能像现在的联合收割机那样收割、打捆、脱粒、耙地一体化作业，但也不用在烈日下弯着腰一把一把地用镰刀收割了。

廖志斌买了一台小型收割机，请小舅抽空开着帮助收割庄稼。

尽管如此，20 亩地的庄稼，从收割到脱粒，仍然需要时间，需要精力。

当年的夏收还好，天气晴好，廖志斌找了个双休日，叫上小舅，连天加夜，完成了小麦的收割、打捆、装运、脱粒，确保收成不会被大风或者大雨毁在田间，剩下的犁地、耙地就不需要那么赶时间了。

可是到了秋收，天气预报有大雨。

母亲知道，必须抢在大雨之前完成自家那 20 亩黄豆的收割、打捆、装运、脱粒，哪一项完不成都不行：完不成收割，庄稼就直接毁在田间了，不说颗粒无收，肯定会有一大半黄豆落在田里；完不成装运，黄豆棵不能拉回打麦场脱粒，仍然要毁在田间；完不成脱粒，在打麦场里堆着，被雨水一淋一泡，十有八九会发酵，还是要毁掉。

母亲叮嘱晓芬不要跟廖志斌说这些，以免影响他的工作，然后自己回农村老家收割黄豆去了。

当天晚上，廖志斌回到家，没见到母亲，就问晓芬。

晓芬按照母亲的安排，没说。

廖志斌再问。晓芬还是不说。

看着晓芬的神情，廖志斌猜到母亲可能是收割黄豆去了，立马赶回老家。

　　离自家农田还有半里多地的时候，廖志斌就听见了收割机发动机"嗡嗡"的声音。

　　跑过去一看，果然是小舅在开着收割机收割黄豆，而母亲正跟在收割机后面收拾一些没有收割干净的黄豆棵。

　　廖志斌抢过母亲手里的镰刀，让她去地头歇着。

　　当天夜里，廖志斌与小舅收割完了 20 亩黄豆，又将黄豆棵装车全部送到打麦场。这时候，已经是深夜 3 点多了。

　　第二天晚上，廖志斌下班之后又赶回老家，在小舅的帮助下，完成了脱粒。这次，又是深夜 2 点多。

　　第三天，大雨倾盆而下。廖志斌笑了。母亲看着廖志斌通红的双眼，流下了眼泪。

　　没过几天，时任宿州供电公司线路工区副主任的张永来到廖志斌家。

　　跟廖志斌的母亲寒暄了几句之后，张永说："宋阿姨，你那些地一年挣不了多少钱，别种了吧。"

　　"为啥？"宋阿姨不太理解张永的用意。

　　"干农活儿太影响志斌的工作状态了。"张永说，"最近几天我看他眼睛都是红的，问了才知道他每天下班之后都要回老家收割庄稼，晚上回来很晚，睡眠不足。"

宋阿姨不以为然地说："种地的事儿本来就不让他管，他非要跑回去干。你放心，接下来我自己就把这些地操持好了，不再让他沾手了。"

张永不禁笑了，直接问道："你说不让他管，他就不管了？"

宋阿姨知道自己的儿子是什么样的性格，沉默了。

张永的这次家访似乎没有起到什么作用，但有些事情就是这样，在当时只能像小石子在水面上激起涟漪，渐渐消逝，但波纹却可能已经被我们的记忆所撷取，会在之后的某个时候掀起浪花。

不久后的一个傍晚，宋阿姨在家里看电视，看到安徽电视台报道一条国网宿州供电公司检修高压输电线路的新闻。新闻里，时任国网宿州供电公司线路工区的副主任张永正在接受采访，背后有电力工人正在几十米的铁塔上作业，宋阿姨看

着铁塔上的一个工人有点儿像儿子。

等廖志斌回到家里，母亲说："我今天在电视上看到你们主任了，他身后的杆塔上还有人在几十米的铁塔上检修作业呢，那两人在那么高的铁塔上干活儿，怪危险的。你们的工作还要爬到那么高的铁塔上干活儿吗？"

廖志斌说："是的，那就是我们的本职工作呀，危险是有的，但我们做好安全措施是没有问题的。"

母亲又问："你不会也上那么高的铁塔吧？"

廖志斌笑了，回答说："妈，您在电视上看到的那两人，其中一个就是我。"

听到那个像小鸟一样在高空作业的人就是廖志斌，母亲终于下了决心：说什么也不能再让儿子分心了！

第二年，母亲将家里的20亩地全部包给了老家的邻居。没有了农活儿的拖累，廖志斌终于可以把全部的精力用于工作了。

四、初生牛犊赢了虎

在家人的全力支持下，勤奋好学的廖志斌在业务方面突飞猛进。

2004 年 3 月，他遇到了一次检验技术水平的机会。

这次机会就是安徽省电力有限公司线路专业的技能大赛，其中的个人竞赛项目是拉线制作。

这种大赛，往往都汇集了省内线路专业的顶尖人才，包括与师父许启金处在同一水平的老专家、老师傅。安徽电力行业的员工，没有人不想参加这种比赛。

但是，这种大赛是有名额限制的，宿州供电公司总共只有 5 个参加线路专业比赛的名额。

这 5 个名额给谁？在经过认真研究后，宿州供电公司决定，在线路工区内部举行一次选拔赛，比赛的前 5 名代表公司参加安徽省电力行业技能大赛。

廖志斌这时候实际工作才一年多，与大多数同

事相比，经验方面还是有一定欠缺的。

但这种学习业务、磨炼技术、检验自己的机会，廖志斌也不想放过。他认为，经过两年的退役军人岗前培训班的学习和这一年的磨炼，自己在技术方面已经没有问题了，唯一缺乏的只是经验，而经验是能够通过特训快速积累的。况且，参加这种高规格的大赛，是积累经验的最好机会，如果这次错过，就不知下次会是什么时候了。

在师父的鼓励下，他报名参加了选拔赛。

有些同事得知廖志斌参加选拔赛的消息，认为一个刚到工区工作一年的新手，虽然活儿干得不错，但经验还是不足，参加选拔赛就是"陪跑"。

谁也想不到，接下来的日子里，这个"陪太子读书"的青年员工开始了"特训"。

这次特训是廖志斌为自己量身定做的，内容就是个人项目——拉线制作。

当时正值春季，皖北大地桃李盛开，百花竞艳。往年这个时节，廖志斌都会抽空陪家人前往附近的皇藏峪国家森林公园，在山、水、泉、涧的美景中休闲放松，或者去不远的天下梨都砀山饱览梨花的缤纷繁盛，品尝萧县的全羊宴。而这段时间，他不仅每个工作日要在单位待到很晚，双休日也都泡在单位，一待就是一天，完全与窗外的风光绝缘。

廖志斌知道，经验是积累出来的，积累经验没有捷径，只能靠千万遍地重复练习。他把所有的业余时间都用在了练习拉线制作上。

拉线制作，说起来很简单，即把一端钢绞线折弯曲，穿入线夹，然后放入楔子将舌板与钢绞线贴合紧凑，装好线夹后，将其固定在地锚上收紧拉线，最后用铁丝做好拉线的绑扎线，就大功告成了。

但是好的拉线要求钢绞线的弯曲部分与线夹舌板之间无缝隙，还不能有散股现象；绑扎的位置、长度都要精准；制作的过程只能使用木槌敲打，不能使用铁锤，以免镀锌层受损。想做到这些，必须要稳。要是求稳，还怎么能快？

拉线制作项目，要的就是又好又快。

廖志斌坚信，要想又好又快，只能苦练。

任何事情都一样，无论你再怎么热爱，当每天

机械性地重复数十次之后，都会感到单调，感到乏味。

拉线制作也是一样，只要练多了，肯定会很枯燥乏味，令人难以坚持；可只有练多了，才能积累经验，培养出手感，才可能又好又快。

廖志斌听老师傅们说过：拉线制作到了炉火纯青的境界，拉线回尾两段绑扎长度根本不用量，通过铁丝缠绕绑扎了多少圈就知道；并且铁丝缠绕绑扎多少圈也不用数，自己的手有准儿。到了这种境界，省去了数圈数和量长度的时间，速度自然就快。

廖志斌明白，老师傅们所说的"炉火纯青"并非夸张，而是培养出了一种肌肉记忆，就像一名高水平的乒乓球运动员一样，一个动作要练很多遍，到了一定程度就能运用自如。

他每天废寝忘食地训练，就是要追求传说中的"炉火纯青"——要成为工区的前5名，要跟全省第一流的线路高手们角逐，不达到这样的境界，怎么能赢？

回忆起那段往事的时候，张明师傅说："我们每天练 30 个，他（廖志斌）每天练 50 个。怎么比得过他？"

就这样，廖志斌凭着刻苦练习与用心琢磨，顺利通过选拔，成为代表宿州供电公司参加竞赛的 5 名选手之一。

进入 5 月份，天气越来越热了，技术越来越纯熟的廖志斌也有些大意，觉得安全防护没有问题了，贪图凉爽，在加班练习拉线制作时经常把长袖工装的袖子卷起来。

常在江边走，哪有不湿鞋。终于有一次，廖志斌为自己的大意付出了代价，纤细的拉线弹出来，打在他的右小臂上，割出一道深深的伤口。

廖志斌没有当回事儿，甚至只从班组的急救箱中找到医用酒精和纱布简单处理了一下，连医院都没去。

晚上回到家里，得知了原委的妻子心疼地说："训练这么苦，还受伤了。这比赛，要不咱就不参加了吧。"

廖志斌微笑着回答："参加这样高规格的大

赛，跟全省的专家一起比赛，机会难得。如果这次错过，不知道下次要等多少年呢。”

第二天，他照常去上班，照常加班练习拉线制作。

身上有伤，终究还是瞒不过朝夕相处的同事们。同事们都认为廖志斌的拉线制作技术和经验都到了一个很高的水平，不需要再这么苦练了。

那段时间，带电作业班的工作又非常繁忙，想挤出空闲时间来练习拉线制作，不太可能。可是，廖志斌离单凭感觉就能判断出打了多少圈线的境界还差那么一点点，而比赛时间越来越近了。该怎么办？

接下来的日子里，同事们发现小廖果然不加班了，下班就回家，似乎连一分钟都不愿意在单位多停留了。有人说：“别看小廖倔，还是蛮听劝的。”

当时同事们不知道，廖志斌并没有就此放弃“特训”，而是把训练场地转移到了家里，偷偷将必备的工具和材料带了回去，把家中院子里的那棵老树当作电线杆练了起来，这样能省下双休日、节假日在家和单位之间往返的时间。

终于，廖志斌练到了不用计铁丝缠绕绑扎圈数就能准确判断出长度并且铁丝间没有缝隙的地步，工艺越来越完美。

9月份，比赛在安徽省淮北市举行。

据时任宿州供电公司线路工区带电作业班副班长的吴强说，廖志斌在比赛现场，双手同时使用套筒扳手拧固螺丝，动作如行云流水，观看者无不拍手叫好。

最终，廖志斌荣获了拉线制作项目的第一名。

颁奖典礼结束后，淮北市电视台采访廖志斌。当被记者问到有什么感受时，廖志斌还没开口，眼泪先流了下来。

"跟着许启金师父，我学到了很多东西，受益匪浅，也非常骄傲。但是，压力也很大，如果不能取得好的成绩，我会感觉对不起组织，对不起师父。拿到了好成绩，感觉没有辜负组织，没有辜负师父的教导。我很开心，流的是幸福的眼泪。"提到为什么会流泪时，廖志斌对同事们说。

从事输电线路专业刚刚一年的廖志斌拿到全

省第一这件事，被形容为"初生牛犊赢了虎"，直到现在还被人们津津乐道。

五、失误的优胜者

如果说 2004 年的拉线制作竞赛是廖志斌职业生涯的一次传奇，那么，从廖志斌的视角来看，2012 年的全国 500 千伏输电线路带电作业技能竞赛则更加跌宕起伏。

这次技能竞赛是中国电力企业联合会及中国能源化学工会全国委员会联合举办的，参赛选手来自全国各地。

此前，华东四省一市举办过一次 500 千伏输电线路带电作业技能竞赛，安徽省代表队在那次竞赛上颗粒无收。

这次，安徽省电力公司任命许启金等 5 名资深输电线路专家为教练，从各个有 500 千伏输电线路的下属单位选拔技术骨干组成集训队，以确保提高员工水平，取得较好成绩。由于当时宿州市没有 500 千伏输电线路，宿州供电公司没有员工被选拔为集训队员。

时任宿州供电公司线路工区主任的张永得知此事后，到省公司找到负责竞赛的领导说，我们现在虽然没有500千伏输电线路，但以后一定会有，这次集中培训我们申请参加，以便为以后运维超高压线路奠定基础。

在工区的积极争取下，从来没有接触过500千伏输电线路的廖志斌得到了参加集训的机会，前往安庆电力培训基地报到。

到了集训队一看，队员一共有三四十个。紧接着，廖志斌被告知：每培训一段时间，就会进行一次筛选考试，淘汰掉部分队员，直到剩下最后8名参加全国大赛的队员。

对从来没有近距离接触过500千伏输电线路的廖志斌来说，很有可能在第一轮筛选考试就被淘汰。

他心想，工区领导好不容易争来了这个名额，师父又在集训队当教练，我可不能真的来个"一轮游"啊！

为了留在集训队，廖志斌除了与其他队员一

样完成培训项目，还利用休息时间在模拟杆塔上加练。

一天下来，廖志斌累得手都是发抖的，吃饭时连筷子都拿不稳。

手不稳需要休息，那就看书，每天夜里刻苦学习理论知识：安全规程、带电作业题库、送电线路题库……

在后来的筛选考试中，他理论基础好、体能好、协调性好的优势越来越明显，顺利通过了第一轮筛选。在接下来的日子里，廖志斌更加刻苦努力。最后一次筛选考试，也是安徽省 500 千伏输电线路技能竞赛中，他夺得了个人第一名的好成绩。

没有接触过 500 千伏输电线路的队员成了冠军，这原本应该是个新鲜事儿，可集训队的教练和队员们都不感到新鲜，因为他们看到了廖志斌的辛勤努力。不仅他们看到了廖志斌的辛勤努力，烈日、暴雨、星空、晚霞也都见证了廖志斌的付出。

半年之后，廖志斌与集训队的教练、队友们一起来到浙江省建德市，参加全国 500 千伏输电线路带电作业技能竞赛。

建德是个美丽的地方：这里有造型优美、结构严谨、做工精致的西山桥，有我国自行设计、自制设备、自主建设的第一座大型水力发电站——新安江水电站，有钱塘江上游、徽州下游唯一州府——梅城。

对来自皖北的廖志斌来说，这个集江南婉约气韵与历史厚重积淀于一身的地方非常有吸引力；但他并没有去游览任何一处风景名胜，而是在宾馆的房间里埋头复习起了理论知识。

这次竞赛的个人项目分为三部分：理论考试、更换间隔棒、更换单片耐张绝缘子。

比赛第一项是理论考试。

本来，理论考试廖志斌还是有点儿遗憾的。因为有一道5分的计算题，他在前一天晚上复习时还看到过，可在考试时却怎么都算不对，直到交卷时间到，依然没能算对。成绩出来后，廖志斌的理论成绩是93.5分，虽然是安徽省电力公司代表队的最好成绩，但与全国的最好成绩96分，已经有了2.5分的差距。

第二项比赛是更换间隔棒。这个项目，廖志斌

比得非常顺利，一切的进展都与训练时相同，没有任何瑕疵。

两个项目的比赛结束之后，教练组估计廖志斌的总成绩在全国一百多名选手中处在前三名。

第三个，也是最后一个比赛项目是廖志斌的强项——更换单片耐张绝缘子。

更换单片耐张绝缘子是非常容易失误的。因为耐张绝缘子非常易碎，只要碰到硬物，十有八九要碎。在集训期间，绝大多数队员都碰碎过耐张绝缘子，而廖志斌从来没有失误过。

而且，廖志斌身体协调性、体能都很好，登塔的速度也很快。

另外，以许启金为核心的教练组也创新了更换单片耐张绝缘子的工具——使用更轻便的卡具收紧拉直旧的绝缘子串，由于间隙很小，只要用丝杠打 18 下，哪怕闭着眼打，都能顺利将旧绝缘子拿下来；至于换上新绝缘子串，难度要更低一些，可谓轻而易举。

具备这么多有利条件，廖志斌只需要正常发挥，在这个项目上肯定能拿第一名。

比赛一开始，果然很顺利。廖志斌"噌噌噌"地登上了铁塔，到达作业位置，提上工具，安装，固定，收紧，一切都跟平时训练一样流畅。

然而这一次，用丝杠打了18下，却没能拿下旧绝缘子。一看，就差那么一点点。

竞赛规则明确规定：一次性不到位，扣分。

练了那么多次，都能顺利拿下来，这次是怎么了？

廖志斌一下子懵了！

刹那之后，他深深吸了一口气，又打了两下。

按理说只差那么一点儿，打一下就行。但廖志斌有一种直觉，打一下肯定不行！

然而，这一下还是没能拿下来，仍旧差了一点点！

这时，廖志斌反而完全冷静了下来，又打了两下，终于将旧绝缘子拿了下来。

比赛结束，教练组与全体队员复盘，找出了原因。集训时使用的是模拟塔，两座塔之间距离很短，几乎没有张力；而竞赛时的铁塔间距较大，导线的张力也大，廖志斌抽到的又是外侧的那一相，

存在的张力更大一些。由于张力的存在，更换绝缘子的卡具有轻微变形，打的时间越长，张力越大，直到一定程度后才能停止。

因为这小小的张力，廖志斌在训练时养成的习惯反而成了累赘，幸好他经验比较丰富，反应较快，及时调整了过来，扣分不算太多。

这次竞赛，廖志斌名列个人第 11 名，队友曹宗山获得个人第 5 名，单德森获得个人第 21 名。廖志斌、曹宗山等人作为竞赛前 20 名被授予"全国电力行业技术能手"称号。

此后，廖志斌又参加过多次竞赛，拿了多次第一名。

不过，在他心中，没有哪一次竞赛能像这次失误的竞赛那么难以忘怀。他说："这次失误，可以说是因为事前考虑不够周密，也可以说是犯了刻舟求剑式的错误，这都是成长的代价。"

2013 年，技术已经比较成熟的廖志斌担任国网宿州供电公司带电作业班班长。

第三章　"扒皮"的班长

一、"廖扒皮"

带电作业班的同事们都知道廖志斌工作很认真,而且绝大部分同事都很认可——廖志斌的认真能提高班组的工作质量、工作效率,他作为集体的一分子是有百利而无一害的。

然而,廖志斌当了班长之后,有同事觉得,曾给廖志斌本人及他们这个集体带来荣誉的"认真"并不那么好——每次外出巡线,清障,认真的廖班长都会严格按照工作计划执行,下达的工作任务不完成,哪怕再晚,也绝不收工;工作任务提

前完成了，如果有兄弟班组的工作任务没完成，认真的廖班长就会带领班组成员前去帮助，也不会提前收工；有时候为了及时完成任务，认真的廖班长还会要求班组成员早上五六点钟就到单位集合，一同出发去工作现场。

有同事私下说："过去《半夜鸡叫》里有个周扒皮，现在咱们身边就有个廖扒皮。"

也有同事为他鸣不平，说："班长又不是没干活儿，而且都是冲在最前面，专拣最辛苦、最危险的干。他这么做，还不是为了把工作干好嘛。"

"那也不行。我干这份工作，就是为了挣钱过生活。他这样干，一次两次行，长期下去，我们哪里还有个人生活？"心怀不满的同事这样说。

心怀不满的同事说得没错，人肯定需要享受生活。至于什么是享受生活、怎样享受生活，却是仁者见仁、智者见智的事情。有的人选择旅行，有的人选择健身，有的人选择弈棋，有的人选择品茗，有的人选择垂钓，不一而足。而廖志斌选择的是另一种——守护万家灯火。

只要用自己的力量，用自己的汗水，用自己的智慧，让电网变得更加稳固，让宿州市的人民冬天可以用上暖气，夏天可以吹上凉风，白天可以使用电器，夜晚可以看到灯光，廖志斌就会如饮醇醪，心情畅快，因为这就是他离开军营投身电网的理想。

《道德经·第四十九章》说："圣人无常心，以百姓心为心。"意思是说圣人没有固定不变的意志，而是以百姓的意志为意志。

套用这句话，就是廖志斌不享受，以用电客户的享受为享受。

对廖志斌来说，看着数百万宿州人在电力的服务下享受生活，才是他最享受的生活。

但是，宿州有句老话"十根指头伸出来都不一般粗"，用来比喻每个人都不一样。

国网宿州供电公司带电作业班的各位成员就像十根指头一样，也各有不同。祝家大师傅在作业班里虽然称不上"大拇哥"，但也绝不是"小拇指"或者"无名指"。他1993年参加工作，1999年进

入带电作业班，经过十来年的理论学习和实操磨炼，已经成为业务骨干。

祝家大师傅不但技术过硬，工作也很踏实：许启金师傅当班长时，他兢兢业业；廖志斌当班长后，他令行禁止。

这样的人，无疑是带电作业班的中坚力量。

2016年，这位步入中年的业务骨干迎来了人生中一件说大不大、说小不小的事——儿子祝峻豪中考。

当时祝峻豪在学校的成绩属于中上游，发挥好了，有可能考上宿州市第一中学这样的省示范高中；发挥不好，就只能去普通高中就读。

虽然我们都知道在漫长的人生道路上，上哪一所大学并不代表一切，读哪所高中更不能决定日后的才能和成就，但对一个十三四岁的初中生来说，他们每天听到的几乎都是"努力考上好高中"之类的话。祝峻豪的精神压力很大。

四五月份，是中考前的关键时期，对考生来说也是很难熬的一段时期，很多考生家长在这段时间里都会尽量在家多陪陪孩子，烧些可口的饭菜，陪孩子一起散散步，帮孩子舒缓压力。

祝家大也想多在家陪陪孩子，可四五月份也正是电网建设、抢修清障的关键时期。眼见工作和孩子的中考难以兼顾，他找到了廖志斌，说："班长，你也知道我在工作上一直没装过孬，但是再过一两个月孩子就中考了，这段时间咱们现场工作尽量别回来太晚，中考结束后我不吃不睡地干都成，你看行吗？"

廖志斌想了想，说："尽量。"

祝家大一直很敬佩廖志斌，认为廖志斌说了尽量就没问题了，但之后的工作量跟往常相比并没有减少，反而因为廖志斌的"惹事"而增加了。

5月下旬，一场暴风雨来袭，宿州大地的钻天杨经受了一次严峻的考验。

宿州所处的皖北地区多年来一直鼓励栽种钻天杨。钻天杨成材很快，是做三合板的好材料，前些年三合板畅销时很来钱。为了推广钻天杨的栽种，曾经有个顺口溜："挖上坑，踩几脚，三年

就是二百多。"

二百多，是指二百多块钱。十几年前，二百多块钱差不多顶二分耕地一年的收成了。家里如果栽上百十棵树，日子绝对差不到哪儿去。不过，这几年三合板销路不行了，木质松脆的钻天杨派不了大用场，也就卖不上价钱了。2016年前后，成人一抱粗的钻天杨只能卖几百块钱，刨掉伐树的费用和树苗的成本，几乎赚不到什么钱。因此，这钻天杨没人买，也没人伐了，路边地头都是这种钻天杨。

钻天杨过于松脆，每年夏季只要一刮大风，就会拦腰折断一大批。这次的风比前几年都大，钻天杨折断得更多，其中有一些太高太长，砸在附近的输电线路上，造成了好几条线路故障停电。

廖志斌所在的带电作业班主要负责萧砀地区110千伏及以上电压等级的输电线路运维，这几条故障线路的运维不在他们班职责范围内，也就是说，这几条故障线路的供电恢复，跟他们班没有直接关系。

遇到这种程度的自然灾害，只靠一个班组，即便没日没夜地抢修十天半个月，这些线路也很难全部恢复供电。

怎么办？齐心协力，同舟共济。

工区几个班组主动请缨，能干活儿的干活儿，能监护的监护，其他的负责后勤保障。

整个工区都行动起来了，廖志斌是第一个申请帮助支援的班组长，理由很充分："输电线路一家人，有困难一起上，没有班组之分！"于是，带电作业班投入了紧张的抢修工作之中。

在泥泞中工作，无论是登杆，清除树障，还是监护，保障后勤，都很辛苦。这种辛苦对廖志斌，对祝家大，对整个带电作业班早已成为日常。对祝家大来说，到了傍晚还不能回去陪伴儿子，才是真正的问题。

到了第三天，抢修进入了尾声，大部分线路已恢复供电。到了下午5点多，廖志斌说："就剩最后一点儿工作了，大家加把劲，争取8点之前全部干完。这样的话，今天晚上就能全部恢复供电！"

　　祝家大一想：按照班长的打算 8 点干完，再收拾收拾工具，回到城里都 9 点多了，今天还是陪不成儿子。

　　他向廖志斌提出建议："班长，干到现在，基本都干好了，本来就不是我们班的线路，就剩这点儿活儿了，他们班明天一上午就能全部拿下。咱们还是先回城吧。"

　　廖志斌温和而坚定地说："今天能干完，就不要等到明天，抓紧送电要紧。"

　　祝家大一听，恼了——你当初答应我现场工作尽量不回来太晚，现在可好，比以前还晚！

　　再想到中考，想到压力之下儿子不展的愁眉，祝家大将手里的工具往地下一撂，说："不干了，我今天说啥也不干了！"

　　固执的廖班长仍不松口，还指着不远处，说："我知道快要中考了，可是你看看，有些地方可能还是漆黑一片，那里面肯定也有要中考的孩子。早一分钟送上电，他们学习的不方便就会减少一分钟。"

"他们不方便，我的孩子就方便了吗？"祝家大气得全身发抖，说，"你只想着工作，只想着那些不认识的人，却一点儿都不为身边的同事着想！当初人家说你是廖扒皮，我还为你分辩。现在看，你真就是廖扒皮！"

见祝家大发火，一旁的青年员工夏华东忙劝道："祝师傅，你忘了吗？班长的闺女今年也参加中考。"

听到这话，祝家大的气消了不少。

这时，廖志斌笑着说："这几天大家辛苦了！干完活儿，这个周末我个人请大家喝庆功酒！"

在廖志斌的带领下，包括祝家大在内的班组成员又干了起来，受灾区域当晚全部恢复供电。

工作干了，客也请了，"廖扒皮"的名声也就此传开了。

到后来，老师傅吴强也开起了廖志斌的玩笑。

一次去现场的车上，驾驶员播放流行音乐，吴师傅不爱听，让驾驶员换。驾驶员再换，还是流行音乐。吴师傅又让他换。驾驶员就问："你想

听什么呀？"吴师傅回答："听戏曲。"

驾驶员很为难，说："我U盘里只有流行音乐，没有戏曲。"

吴师傅看了看身边的廖志斌，笑着说："那就来一段《半夜鸡叫》吧。"

过了几秒钟，车里的人都反应了过来，一起大笑了起来。

二、抗疫有我

2020年初，突如其来的新冠肺炎疫情打乱了人们的生活节奏。在这场没有硝烟的战争中，无数人挺身而出，迎难而上，谱写了一曲波澜壮阔的抗疫壮歌。在这首壮歌中，廖志斌坚持"守护祖国、守护人民"的信念，奏出了自己的最强音。

2020年1月24日，乙亥年的大年三十，廖志斌像担任班长后的每个除夕一样，来到生产基地的监控值班室，准备将最年长的吴强师傅"轰走"。

"志斌，今年的值班可不一样。疫情来了，公司要求值班人员相对固定，这个班可能要值一两个星期。你家小宇放假回来了，你要是在这里值一两个星期的班，等你回家孩子都该上学走了。你还是在家好好陪陪她吧。"吴强师傅坚持不走。

廖志斌笑着说："小宇有她妈陪着，哪儿还会搭理我。我还是在单位里自在些。再说了，天气预报说这几天天气不太好。我在这守着，放心。"

这样，廖志斌又一次放弃与家人团聚的时光，在基地留守值班。

当时，没有人知道这次疫情会持续多长时间，廖志斌也不知道自己的这次值班时间会有多久。

大年初二，宿州境内普降大雪。正在值班的廖志斌突然接到护线员的电话：220千伏姬刘线路上出现了一米多长的异物。

为了确保线路安全运行，廖志斌随即通知备班人员携带作业工具一同火速赶往隐患现场。湿滑的道路和泥泞的麦地给抢修车辆和人员带来巨大阻碍，大家抬着沉重设备，扛着轻便工具，踏雪到达异物缠绕处下方。大雪纷飞，寒风刺骨，抢修现场却是热火朝天，经过半小时的冒雪抢修，

缠绕在导线上的异物终于被清除掉。在返回途中，天色渐渐暗淡，落在身上的雪融化了，鞋子完全湿透，但是廖志斌和抢修队员们的心中倍感轻松。类似这样的隐患，春节放假期间处理了三起，廖志斌用行动铸就坚不可摧的牢固防线，精心护航供电大动脉。

疫情期间，他吃住在监控值班室，对重要线路输电通道实时监控。一旦发现异常情况，立即带领班组同事到现场消缺。

为全面掌握设备运行情况，廖志斌还带领班组同事对输电线路开展特巡特护、设备测温、隐患排查及消缺等工作。他们戴好口罩，背上巡检设备，手拿记录本，迎着寒风，踏着冰雪，认真地排查每一基杆塔、每一档线路……

除了这些分内的工作，廖志斌和他的班组还接受了一项"分外"的工作。

当时，500千伏及以上电压等级的输电线路由国网安徽电力检修公司、安徽送变电公司运行维护。

国网安徽电力检修公司、安徽送变电公司的总部都在合肥，员工也大多家住合肥。因疫情影响，车辆、人员不时被交通管制所限，国网安徽电力检修公司、安徽送变电公司无法正常巡视宿州境内的部分超、特高压线路。为确保电网安全，国网宿州供电公司临时承担了包括 800 千伏雁淮线在内的 9 条超、特高压线路的特巡任务。

廖志斌按照疫情防控要求，带领班组同事在尽量不接触、少接触人员的情况下加强线路巡检，确保线路主网通道及线路本体安全稳定运行。

他们还利用无人机对部分一线重要场所展开就近观测，全力保障电力供应，保障人民群众的安全用电。

3 月 12 日晚，国网亳州供电公司发现有根掉落的风筝线横跨在了 220 千伏南蒙 2753 线 51 号—52 号塔、220 千伏南蒙 2754 线 49 号—50 号塔之间的导线上，因天气预报晚上有大雾黄色预警，不及时处理将会造成亳州地区两条 220 千伏高压

线路短路，情况十分危急。

由于隐患点在宿州与蒙城之间，国网亳州供电公司检修人员要到达出现隐患的杆塔，必须通过宿州地界。当时，这段道路实行交通管制，无法通行。

国网亳州供电公司当即向国网宿州供电公司请求支援，当时已是晚上9点多。

疫情期间，出行就意味着风险，再加上夜间起雾，能见度很低，交通安全和作业安全压力都很大。

廖志斌接到任务时，没有丝毫犹豫，他对班组同事说："一般情况下，这个工作任务不属于我们的管辖范围，可是在抗击疫情的非常时期，及时消除高压输电线路故障隐患是不分地界的！虽然辛苦一点儿，但我们的辛苦能够守护兄弟公司电网的安全，能够保障隔壁市县人民群众的正常用电，必须去做！"

廖志斌一行经过宿州、淮北、蒙城多处防疫卡点，于当晚11时左右到达隐患现场。根据现场情况分析，如果用激光处理设备直接清理，被切断的风筝线会落在下层导线上，由于当时雾气大，潮湿的风筝线一旦断落在下层导线上很可能造成线路短路跳闸，影响皖西北地区电网安全运行；而直接人工抽拽，风险又太大。经过分析研判，廖志斌提出利用无人机牵引风筝尾线，顺缠绕上方避雷线的方向飞行，直接将风筝线垂直带入上空，远离线路后将无人机降落在一块空旷田地里，收回风筝线。在廖志斌的指挥下，徒弟王彦刚娴熟地操作无人机，于次日0点15分成功清除异物，完美地消除了这起安全隐患。廖志斌和同事们结束工作回到宿州时，已是深夜2点多。

披星戴月，对电力行业一线职工而言是家常便饭，对廖志斌更是如此。仅在疫情形势最严峻的2020年第一季度，廖志斌就组织紧急消除线路故障8起，为打赢抗疫之战贡献了电网以及个人的力量。

为全面参与抗疫工作，廖志斌还申请成为宿州市金河社区的"防疫志愿者"，利用闲暇时间协助社区安保人员为出入小区的往来人员登记，消

毒，测量体温，帮助社区开展卫生消杀、疫情防控科普宣传，帮助居民修理家中电路，等等。

　　有一天，一位居民询问正在小区值守的工作人员说："不知道咱们小区有没有人会修理家里电路的，我家现在没电了，现在疫情防控，找不到人上门修理，这可怎么办？"在一旁值班的廖志斌听到后说："要不我去你家看看吧。"虽然廖志斌从事的是高压输电线路的运维，但是他对家用电路的安装维修也学过一些。到了居民家中后，经过一番检查，他判断是空气开关无法正常使用，需要更换。但在疫情影响下，店面都没有开门，无法购买新的空气开关。廖志斌想到家里有个备用开关，就回家拿来给换上了。通了电，这位居民拿了100元钱给廖志斌说："谢谢你了，这是给你的开关钱，剩的算是你的辛苦费。"廖志斌说："这开关也没多少钱，都是邻居，我这也是举手之劳，不用客气，以后家里用电有什么问题你打我电话就行，这钱不能收。"这位居民听后感激不尽。这事之后，廖志斌陆续又帮助好几位居民解决了家里的电路问题。

新冠肺炎疫情期间，廖志斌三次自费购置方便面、牛奶等物资支援社区防疫工作人员，为抗疫助力。2021 年 3 月的一天，廖志斌庄严地向党组织缴纳了 3000 元"特殊党费"，用来支持疫情防控工作。

三、师徒党代表

虽然廖志斌进入供电公司工作只有 20 多年，但他完成的保电任务已经数不清有多少次了：每年的中高考保电、2008 年奥运保电、庆祝中华人民共和国成立七十周年活动赴京保电、重大节假日保电、重要线路检修保电……

在这么多次保电任务中，让他印象最深的是为党的十九大保电。

那次的保电与廖志斌以往参加的每一次都不同，因为他的师父许启金要去北京参加党的十九大。

教学相长。徒弟廖志斌不断取得突破的同时，

师父许启金也在持续进步：2015 年荣获"全国劳动模范"称号，2017 年当选党的十九大代表。

师父能够参加如此重要的会议，作为徒弟的廖志斌非常自豪。

更让他自豪的是，国庆前夕，廖志斌也接到一项重大政治任务——党的十九大期间到北京保电！

原来，国家电网公司为了确保党的十九大期间供电保障万无一失，超前谋划，从各基层单位抽调骨干力量，全力支援北京电网输电专业保电工作。

经过层层选拔、审核，政治素质高、责任心强、技术精湛的廖志斌被确定为宿州供电公司 5 名进京保电人员之一。

10 月 4 日，中秋节那天，廖志斌踏上开往北京的高铁，执行光荣而重要的任务。

师父到北京参加党的十九大，我到北京参加党的十九大保电！廖志斌十分激动。

为党的十九大保电，光有激动的心情还不够，还要有钢铁般的纪律和饱满的精神状态。

国家电网公司向全体保电人员提出了"五最"的要求，对整体保电工作提出了"四零"的目标。

"五最"，是"最高的标准、最有效的组织保障、最可靠的技术措施、最饱满的精神状态、最严明的工作纪律"。"四零"，是"设备零故障、客户零闪动、工作零差错、服务零投诉"。

按照要求，保电现场 24 小时不间断巡视检查，确保输电线路零缺陷零隐患，畅通无阻。廖志斌负责值守的线路地处城乡接合部，四周到处是树林草丛、水沟水渠，不时有野生小动物出没，环境异常复杂。保电人员需要沿着线路巡视巡查，手机拍照上传巡查情况，然后走回来；稍事休息再来一遍。一天下来，要走 20 公里左右。前两天还好，一连几天下来，即便廖志斌这样的身体素质，也感到疲劳。

条件前所未有的艰苦，但廖志斌深知党的十九大的重要性，事关党和国家事业继往开来，事关中国特色社会主义前途命运，事关最广大人民的

根本利益，不容有任何闪失。他暗暗为自己鼓劲："师父开会为国家建言献策，徒弟保电为党的十九大保驾护航。没有什么克服不了的困难！"

在廖志斌和全体保电人员的共同努力下，十九大保电圆满成功，实现了"四零"目标。

由于工作认真负责、业绩出类拔萃，2020年廖志斌荣获"全国劳动模范"称号，2022年当选党的二十大代表。

2022年国庆期间，廖志斌接到通知，前往合肥与安徽代表团的其他党代表一起去北京参加党的二十大。

回顾那次参会经历，廖志斌说他感到无上的光荣、无比的自豪。

10月13日安徽代表团到达北京住地，10月15日时任安徽省委书记郑栅洁主持召开了安徽代表团第一次全体会议，提出了殷切期望，要求代表们要高站位、高质量、高标准地开好大会，展示安徽的良好形象，为党的二十大胜利召开做出安徽省代表团应有的贡献。

10 月 16 日，大会开幕，代表们非常激动，早早起床，做好了一切准备。代表们统一乘坐大巴车集中前往人民大会堂会场。开幕式上午 10 点准时开始。聆听整个报告之后，廖志斌说他的感受就是：让人振奋，让人自信自豪，现场一次次热烈的掌声，充分体现了代表们最真挚的心声。

开幕式后，各个代表团对二十大报告进行了分组讨论。每次讨论时代表们都踊跃发言，纷纷结合自己的工作实际、岗位实际、履职实际谈认识，说体会，谋落实。

廖志斌来自电力行业，在分组讨论时，他对习总书记在报告中指出的"确保能源安全"谈了自己的一些体会，他说："国家繁荣富强、人民幸福安康，都离不开电网提供的可靠保障，作为电力员工，我们身上的责任还很艰巨，任务还很重。"他结合工作实际，向郑栅洁书记汇报了近年来国家电网取得的辉煌成就，特别是迎峰度夏期间，持续高温，用电负荷大幅增长，面对前所未有的电力保供形势，国家电网一方面从供给侧发力，

科学调度发电机组火力全开，另一方面积极协调区域互济，确保电力运行平稳有序，牢牢守住了大电网的安全和民生用电底线。在介绍时，郑栅洁书记频频点头，对电力可靠保障表示充分肯定，并强调电网稳定运行的背后离不开人才和技术的保障，离不开人才队伍的支撑。在谈到供电服务以及供电公司在地方经济建设、优化营商环境、抗疫保供等方面取得的成绩时，各位代表都给予了充分认可和高度肯定。那一刻，廖志斌作为一名电网人，备感光荣，由衷地自豪。

10月22日，是行使代表权利最光荣的时刻。在人民大会堂，廖志斌投下了庄严的一票，履行了神圣的职责与光荣的使命。

大会闭幕后，10月23日下午，国家领导人在人民大会堂亲切接见各位代表，并合影留念。

大会期间，代表们还前往北京展览馆参观了《奋进新时代》的主题成就展。展览利用图片、文字、实物、视频、模型等形式，全面展现了党和国家事业发展的新局新貌，及新时代中国共产党团结带领广大人民群众干事创业的良好风貌。大家纷纷为祖国的发展成就点赞，深刻感受到了国家越来越富强，人民更加幸福安康，神州大地处处涌动着蓬勃生机与活力。

党的二十大召开期间，中外媒体始终高度关注。开幕式结束后，走出人民大会堂，廖志斌在天安门广场接受了安徽电视台的采访，之后又先后接受了《人民日报》、中安在线、央视等十余家媒体的采访，向记者们讲述了他参会的一些经历和体会，把国家电网近年来取得新成就、新变化进行了很好的宣传，同时也借助媒体的平台，充分展示了国家电网一线产业工人干事创业、奋发进取的精神风貌。

大会闭幕后在人民大会堂门口，廖志斌见到了国家电网公司辛保安董事长。他勉励廖志斌说："你和师父许启金都是我们国家电网的骄傲，不负众望，无上光荣，你要再接再厉，带好团队，扛好大旗，像你师父那样做好传帮带，把你们的品牌越擦越亮。"董事长的话，语重心长。廖志斌表示，

在新征程上他一定会加倍努力，用心工作，不辜
负领导和同志们的期望和厚爱。

四、创新达人

廖志斌不仅实际操作能力强，而且擅长解决工
作中的"疑难杂症"，经常围绕输电线路新项目、
新工具、新技术的研制和开发，把现场发现的问
题作为研究课题，采用新的思路、新的工艺、新
的工器具解决技术难题。

2004 年，廖志斌随创新团队在安徽省泾县陈
村水电站发布 QC（即 quality control，"质量控
制"）成果"避雷线提升吊点的研制"。该项目
获得了国网安徽电力 QC 成果一等奖。那是他第一
次参加省电力公司 QC 发布，当时评委说这个成果
实用性强，具有很好的推广价值。这句话对他的
影响很大，激发了他的创新热情。从此，廖志斌
走上了一条技术工人的创新之路。

廖志斌看到过这样一段话：只有会创新的国家，
才能引领世界；只有会创新的企业，才能赢得未

来；只有会创新的员工，才能站上更高的平台。

他对此很认同，说："我们工作的过程，就是不断发现问题、解决问题的过程。任何工作只要我们去琢磨，就会发现总有提高的地方，总有改进的余地。其实我们搞创新搞发明，想法很简单，就是为了让大家少劳累些，更安全些，工作效率更高些。"

在一次线路巡视时，班组人员发现靠近导线侧的一个螺栓上有个 R 销丢失了，为了保证线路安全，需要及时补加。由于当时线路无法停电，起初考虑采取等电位带电作业补加，但下层是低压线路，地面环境复杂，条件不满足。

最终，廖志斌跟班组同事们一起开动脑筋，集思广益，研制了一个带电安装 R 销的专用工具，轻而易举地将隐患消除了。

但是，这个专用工具在后来的使用过程中，有同事发现：如果安装的距离较远，绝缘杆较长，R 销的安装很难一次性准确到位。

于是，廖志斌召集班组同事一起讨论改进方案。最终，他们在绝缘杆的顶端加装了一个可视化探头，通过手机实时监控安装的全过程，这样 R 销的安装变得更加方便，快速，高效。

2021 年 1 月，廖志斌利用这个小工具协助国网滁州供电公司成功消除了 220 千伏输电线路三处导线侧螺帽及 R 销脱落危急缺陷，有效保障了线路安全运行，受到国网安徽省电力有限公司和国网滁州供电公司的高度评价。

以前，在更换双联串绝缘子的过程中，普遍使用双钩紧线器紧线，因为双钩紧线器两端的钩头与导线或双联串的联板不匹配，所以在使用时需要通过绳套连接。但是，绳套很软，在收紧的过程中，双钩紧线器会随着扳手的转动而转动，收紧工作不顺畅，还需借助其他工具固定绳套达到收紧的目的。这样一来，既费时，又费力，还不安全。

为了解决这个难题，廖志斌就想着发明一个物件替换掉双钩紧线器两端的绳套。他带领班组同事研究出了方案：首先，直接将原先双钩紧线器两端的钩子用凹形联板替换，通过插接可以固定在双联板上；对于直线双联串绝缘子的更换，一端用凹形联板插接固定在双联板上，另一端替换成手形大抓钩直接钩挂在导线上。

采用这个方法，互相之间都是硬连接，使得收紧过程方便顺畅，省时省力，还减少了安全隐患。

拆装间隔棒的传统工具有很多种，但都不太好用，其中有一种工具相对而言用着还行，就是体积有点儿大，也偏重，而且它的紧固螺母和棘轮扳手固定在一起，要将丝杠收紧时，需要转动棘轮扳手一点儿一点儿地收紧，费时费力。

廖志斌就把原先的工具做了改进和创新：首先，将工具次要部件缩小体积，减轻重量；其次，把紧固螺母和棘轮扳手分离，这样一来，在收紧丝杠没受力之前，可以用手直接旋转紧固螺母，使收紧丝杠快速受力，当用手转不动时再用棘轮

扳手收紧丝杆，然后将间隔棒上的固定销子拆除；最后，当销子取下后，拆装工具从间隔棒上拆除的顺序相反，先用棘轮扳手慢慢松丝杆，当收紧丝杠不受力时，再用手直接旋转紧固螺母快速拆除拆装工具。

改进后的工具使用起来非常便捷，大大节约了时间。

维修或者更换水泥杆顶部架空地线悬垂线夹时，由于架空地线与悬垂线夹挂点距离较近，无法使用提线工具，需要作业人员在杆上系好安全带双脚站立在脚扣上，把架空地线用肩扛起，然后放到滑车里，再取下悬垂线夹更换。

这项工作对作业人员要求很高，必须有很好的体力和耐力才能完成，不仅劳动强度大，还很危险。

于是，廖志斌带队研制出混凝土杆避雷线提升装置，将避雷线的荷载转移到提升装置上，改变了人力肩扛避雷线转移荷载的不安全行为。现在，安装和更换混凝土杆架空避雷线悬垂线夹，可以轻松完成。该项成果获得国网安徽省电力有限公司 QC 成果发布一等奖。

多年来，廖志斌参加实施发布的创新成果 7 次获安徽省电力行业 QC 成果发布一等奖，主持和参与完成 40 多项创新项目，21 项获国家专利，发表科技论文 26 篇。"带电更换双角钢挂点绝缘子专用工具的研制""软梯作业防高坠自锁器的研制""四分裂间隔棒快速拆装工具的研制"等创新成果，在实际工作中得到应用，降低了作业的安全风险和劳动强度，提高了工作效率，创造了较大的社会效益和经济效益。2019 年，他主持研发的"自动拉线预制台"项目因其显著的技术创新和应用成效获全国电力行业一等奖。2021年，他主持研发的拉线制作机具将拉线制作流程规范化，标准化，有效解决了现场制作拉线时间长、工艺水平不稳定的问题。2022 年 7 月，该项目技术转让合同完成签订，实现了创新成果的批量转化应用。近年来，廖志斌所在的 QC 小组多次获

得"全国电力行业优秀质量管理小组"和"安徽省优秀质量管理小组"称号。

2018年3月，廖志斌和创新团队利用三维动画软件，把线路检修过程图示化，通过建立电子化检修档案，编写了《输电线路3D培训教材》，使线路设备等图像360度清晰展现在眼前，打开了高效培训的"新大门"。

五、卓越的班组

国网宿州供电公司输电运检中心带电作业班现有10名职工，承担着主网的带电作业任务，并负责宿州电网萧砀地区所有220千伏输电线路及部分110千伏输电线路的运检任务。

这个班组人才辈出，相继走出了被誉为"师徒党代表、一门双劳模"的许启金和廖志斌，两次赴京参加奥运保电和国庆六十周年保电的优秀员工吴强。

这个班组硕果累累，3次荣获省公司模范班组，

1 项 QC 成果获全国比赛一等奖，3 项 QC 成果获得安徽省电力行业比赛一等奖，5 项工器具创新成果获国家实用新型专利，带电班 QC 小组更是获得了"全国优秀质量管理小组"的光荣称号。

带电作业班全体成员团结奋进，勇挑重担，作风顽强，踏实学习各项生产技能，时刻将安全牢记心中，大力开展班组精细化建设和班组创争工作，倡导科技创新，踊跃参加合理化建议及 QC 等技术创新活动，增强了班组的自身实力，提升了班组的整体认知水平，同时积极配合工区开展高等级线路和优秀工区的创建以及工区的规范化建设工作，充分调动和发挥班组员工的才智，书写了一页又一页"守护电网、奉献光明"的辉煌篇章。

十几年来，带电作业班安全形势良好，未发生异常、人身轻伤及以上事故或设备事故；保持所辖 110 千伏及以上输电线路停电综合检修完成率 100%；保持所辖输电线路全部开展状态巡视、特殊区域巡视，危急缺陷消除率 100%；作业指导书使用率、合格率 100%，工作票使用率、合

格率 100%。

　　带电作业班倡导"快乐工作、健康生活"的理念，努力实现员工与班组的共同发展，共同面对任务、困难和挑战，班组成员执行力强，在各种急难险重工作中都冲锋在前，在各类大型保电、大型检修工作中，在线路防烧秸秆、防外破、防污闪等重点工作特巡中，主动放弃休息时间，坚守岗位。在每年电网迎峰度夏、迎峰度冬的关键时段，带电作业班成员全体迎难而上，勇挑重担。烈日下，他们冒着酷暑在秸秆禁烧重点防范区域不间断特巡，定点看护，人工挑秸秆；风雪中，他们顶着呼啸的寒风在坚冰上巡线，在冰冷的杆塔上抢修；春风秋雨里，他们穿梭在田间地头，巡线清障。

　　2011 年 11 月，工作人员在巡视中发现了 110 千伏纵红线 17 号—18 号塔之间有两处导线断股这一重大隐患。由于线路跨山，导线倾斜角较大且对地距离有 30 多米高，修复难度较大，工区领导再三考虑，决定派出技术过硬的带电班包扎断股导线。11月23日，在做好各项安全措施的情况下，他们经过3个多小时的艰苦作战，终于不辱使命，出色完成任务。

2015年3月的一天，廖志斌常规巡查线路，发现在110千伏金城线7号—8号杆线路下方，新栽了一些杨树，这对线路安全运行势必造成隐患，廖志斌马上联系到那位种树的农民，要求他把树移栽到线路防护区外。开始的时候，那位老大哥满脸怒气，指着廖志斌说："我在我自家地里种树，又没碰到你的线路，碍你啥事儿了？"

廖志斌不急不躁，耐心给他讲解安全知识以及《中华人民共和国电力法》的相关条款，告诉他电力线路防护区内是禁止种植这种杨树的，并且对他说："大哥，安全防范大于天，如果你同意，我们可以帮你移栽。"

话说到这份儿上，这位老大哥也有些不好意思了，说："哪能让你帮我干活儿，挪就挪吧。"

于是，这位老大哥把树移栽别处。虽然他没让廖志斌帮他干活儿，廖志斌还是带着班组人员

一起拿起农具帮他把树移栽到防护区外。那位老大哥很感动，握住廖志斌的手说："廖师傅，你们也不容易，以后有啥事，尽管说一声，这周围我看到的范围，你们在不在都要按要求栽树。以后，我义务当你们的安全巡视员。"

按照省市公司对班组建设提出的各项具体要求，带电班在做好安全生产工作的基础上，不断深化班组建设，在班组台账资料管理、班组生产过程管理、班组民主建设、班组安全建设、班组技能建设、班组文明及环境建设等方面下足功夫，逐条整理，做到班组基础资料、班组安全活动记录、党员活动记录、班组综合记录等各个环节达到闭环状态。带电班在班组建设方面的成绩得到了各级领导的肯定与赞许，也成为其他班组学习的模范典型。

在搞好班组建设的基础上，廖志斌带领班组成员积极开展 QC 创新活动。班组成员参与发布的 QC 课题《软梯作业防高坠自锁器的研制》荣获省公司 QC 成果发布第一名、全国电力行业 QC 成果优

秀奖，率先在 220 千伏姬刘线、刘虹线，110 千伏
金城线等线路上的安装危险点安装了实时监控装
置，有力地推进了智能化电网建设，有效地防止
了线路因外破而发生的跳闸。带电班积极协助工
区推进 PMS 等系统在班组的深化应用，在国网安
徽省电力有限公司的每月通报中一直处于前列。

六、二十大归来

由于廖志斌去了现场，我只能先去采访其他
人。按照国网宿州供电公司党建部主任谢忠玉的
安排，第二天上午，我去输电运检中心采访廖志
斌的同事们。

班组人员几乎都去现场工作了，只有祝家大在
中心帮忙。祝家大师傅比廖志斌年长几岁，也是
一参加工作就在线路工区，也就是现在的输电运
检中心工作，跟廖志斌一起工作 20 多年了，对他
很了解。

祝家大师傅很健谈，浓重的宿州口音听起来特

别有味道，而且用词直白浅显，很生动。谈着谈着，就到了下班时间。

宿州萧县的羊肉汤很好喝。原本我是打算找一家羊肉汤馆吃饭的，可祝家大师傅非要带我去职工食堂吃饭，说："我们的食堂还不错，去看看吧！"

盛情难却，我便去了。

幸好去了职工食堂吃饭，因为刚打好饭菜坐下，廖志斌就到了。他刚刚结束现场的工作，专程跑回单位食堂陪我吃午饭。他原本就不胖，现在看起来更消瘦了，不过精神还是很好，看不出是前几天刚动了手术，每天只靠喝粥补充能量，昨天加班到深夜，今天又忙乎了一上午的人。

中午吃饭，廖志斌又是只吃了小半碗米饭，喝了半碗汤。

祝家大劝他多吃一点儿，说："你下午还要去宿州市计量所宣讲二十大精神嘞。得多吃点儿，好有劲儿！"

廖志斌苦笑着摇了摇头，说："吃不下呀。"

尽管中午吃得不多，廖志斌当天下午在宿州市计量所的宣讲还是很成功。他的宣讲很朴实，没有将自己摆到高于众人的位置，而是像拉家常一样叙述着自己参加二十大的过程、对二十大精神的领悟、今后如何践行二十大精神。

当谈到宿州电网的时候，他说："宿州电网跟我个人一样，非常努力，非常想把工作干好，非常想让供电用户都满意，但我们自身并不完美。因此，欢迎社会各界对我们进行监督，对我们提出有建设性的意见和建议，以便让我们不断改进，不断逼近完美！"

廖志斌诚恳、质朴的宣讲收获了热烈的掌声。

离开宿州市计量所，廖志斌才去医院拆了线。

次日，廖志斌与许启金一起为国家电网有限公司录制党课。

23日一早，廖志斌就乘车去蚌埠市参加安徽省退役军人事务厅组织的关于开展"学习二十大、奋进新征程、建功新时代"精品课程宣讲观摩活动。廖志斌作为宿州市优秀宣讲员做了现场宣讲。

这天上午，廖志斌的母亲宋阿姨答应了我的请

求，跟我见了面。

宋阿姨个子很高，近一米七，偏瘦，但很有精神，完全看不出已经 70 多岁了。

我说起廖志斌还没拆线就去宿州市计量所宣讲的事情时，宋阿姨无奈地说："这算啥，人家动了手术没几天就去单位了，宿州市消防支队去单位座谈交流，他就宣讲过一次了。"

这时，我才从宋阿姨口中得知，廖志斌手术前后的小插曲可不少。

廖志斌是 2 月 11 日上午出现身体不适的，因为工作忙，没有去医院，中午回家吃饭时疼得眉头紧皱。母亲和妻子都让他去医院检查，他却说："下午还有个重要的工作任务，等干完了再去。"

最终，还是他的女儿小宇硬把他拉上车，送到医院去检查。

检查结果出来：急性阑尾炎，需要立即住院，尽快动手术！

廖志斌还想下班后再来住院。小宇无奈，拨通了爸爸一个同学的电话。

廖志斌的这个同学是这家医院的医生。听了小宇的"控诉"后，医生同学说："这个时间住院，明天上午就能做手术。耽误到下午，可能要排到后天才能动手术。你的症状已经比较重了，再耽误会有阑尾穿孔的风险！"

廖志斌这才办了住院手续。

手术之后的第五天，也就是 2 月 17 日下午，是原定宿州市消防支队官兵来单位交流座谈的日子。按计划，廖志斌要在座谈会上进行二十大精神的宣讲。这天上午医生查房时，廖志斌提出下午离开医院，被医生果断拒绝。

见"正路"走不通，廖志斌改走"歪门邪道"，中午以上厕所为名，偷偷溜出了医院，按时接待了消防支队的官兵并为他们宣讲了二十大精神。

消防支队的领导见廖志斌走路、宣讲都是弓着身子，在宣讲结束时问他："是不是身体不舒服？前几天约你宣讲的时候不还好好的嘛。"

廖志斌回答："动了个小手术。"

消防支队的领导说："动了手术就说一声嘛！

等恢复好了给我们宣讲也行啊，还是身体要紧。"

廖志斌笑着说："轻伤不下火线！小手术，不碍事。"

消防支队的领导紧紧握住这位老兵的手，连连点头。

根据宋阿姨、祝家大、国网宿州供电公司输电工区主任李毛根的描述，我大致梳理出了廖志斌这段时间的行程：2月11日上午在工作现场，中午回家后身体不适，下午去医院检查并住院；2月12日手术；2月15日开始在医院准备为宿州市消防支队官兵宣讲二十大精神的课件；2月17日下午到单位接待宿州市消防支队官兵并宣讲；2月19日出院，晚上加班报材料到深夜；2月20日现场工作；2月21日上午省公司领导来单位慰问，下午完成国网公司最美国网人的拍摄；2月22日上午参加一位带电作业班退休老师傅的葬礼，下午去宿州市计量所宣讲二十大精神，结束之后顺道去医院拆线；2月23日上午出发去蚌埠，参加安徽省退役军人事务厅组织的二十大精品课程宣讲观摩活动；2月24日中午返回宿州。

2月25日中午吃饭时再次见到廖志斌，我看出他的饭量恢复了一些，脸色也稍稍红润了。

"日程排得这么满，就不能推掉一两个吗？"我问。

廖志斌回答说："请你宣讲也好，安排你参加活动也好，都是信任，不能辜负，而且作为二十大党代表，我也有这个义务。"

看着廖志斌真诚、庄严的神情，我没有再说什么。面对一个将守护作为乐趣、作为幸福、作为终生奋斗目标的人，说"身体是革命的本钱""磨刀不误砍柴工"显得有些苍白无力，只能默默地祝福他安好，或许还能通过自己手中的烂笔头将他的事迹讲述给大家，让大家知道这个人、这样的人，让大家尊重他们，学习他们。

2月26日中午，我完成采访任务，准备返回合肥。廖志斌前来送我。车已经驶出很远了，我还能看到站在那里朝着我挥手的廖志斌。

冬尾春头，午后的阳光有些暖，就像廖志斌的

笑容。

廖志斌的笑容跟去年夏天我第一次见到他时一样，纯净，灿烂。

时光荏苒，一切都在变化，可在廖志斌身上，有些东西一点儿都没变。

第四章　不靠谱的顶梁柱
和靠谱的师父

一、家人们

熟悉廖志斌的人都知道他有个特点：说起工作来神采飞扬，滔滔不绝，说起家人来却寡言少语。

"我是家里唯一的男性，按理说得是这个家的顶梁柱，却因为工作忙，没时间照顾家，更没时间陪伴家人，哪里还好意思多说什么。"廖志斌如此解释。

可是一说到女儿小宇，廖志斌的脸上就会绽放灿烂的笑容。

最让廖志斌感到自豪的就是小宇。

他告诉我说:"小宇从小就很乖,很听话,学习也很自觉,不需要我过问。现在正在上大学,刚刚入了党。"

"小宇的学习不过问,是因为你没时间吧?"我打趣地问。

廖志斌不好意思地笑了笑,说:"我工作忙,没时间,她也懂事。凑巧了!凑巧了!"

其实,小宇对爸爸是有过怨气的。

小宇上小学的时候,廖志斌工作忙,朱晓芬经营粮油制品专卖店,也很忙,两个人都没时间照顾女儿,就将女儿托付给了母亲。

小宇上学、放学都是奶奶接送,家长会也都是奶奶参加。看着同学们上学、放学都是爸爸妈妈接送,家长会也都是爸爸妈妈参加,小宇虽然嘴上不说,但心里难免不是滋味。

时间久了,一次都见不到小宇的爸爸妈妈,有的同学就问小宇是不是孤儿。尽管小宇告诉同学们爸爸妈妈不能来学校是因为太忙,有些调皮的同学还是嘲笑她没有爸爸妈妈，是个孤儿。

一天早上，小宇吃过早饭，就直接趴在了餐桌上，说什么也不肯去上学。

在奶奶和妈妈的百般追问下，小宇才委屈地说：“昨天下午放学，几个调皮的同学，追着我‘孤儿’‘孤儿’地喊。”

奶奶生气地说：“这些孩子，真不像话！给奶奶说，是哪几个孩子，奶奶批评他们！”

小宇摇了摇头，说：“那几个同学调皮得很，批评不管用！再说了，其他同学虽然不喊我‘孤儿’，心里未必不这么想。”

奶奶和妈妈一听，觉得这个小人儿说得还真有些道理。

“那些同学不光放学喊，有时候课间休息也喊。”小宇又说，“爸爸妈妈如果再不接我放学，我也不想去学校了！”

妈妈只得答应下午去接小宇放学。

这天下午，朱晓芬早早在粮油制品专卖店挂出了“家里有事，暂停营业”的纸板，到学校去接

女儿放学。

放学时间一到，朱晓芬隔着学校的大门就看到了兴高采烈的小宇，还有她身旁一边小跑一边喊着什么的同学。

直到出了校门，小宇跑到了妈妈身边，那几个同学还在跟着小宇"孤儿""孤儿"地喊，见到小宇像只小燕子一样扎进妈妈的怀抱，还问："你是小宇的什么亲戚呀？是不是她奶奶病了，今天请你来接的？她是孤儿对吧？"

朱晓芬搂住小宇，对那几个调皮同学说："我们家小宇可不是孤儿，我就是她妈妈。我和她爸爸工作忙，才没空接送她放学。你们是同学，要互相帮助，以后可不能再欺负她了！"

那几个同学一听眼前这位阿姨是小宇的妈妈，顿时一哄而散。

朱晓芬以为这场风波就此结束了，小宇可以不受干扰地上学了，哪知道没过几天，又有新情况了。

原来，那几个调皮同学见过她之后，不再喊小宇"孤儿"，而是改喊"没有爸爸的人"了。

当天晚上，小宇等到爸爸下班回家，拉着爸爸说："你一定也要接我一次！那些调皮鬼烦死人了。"

廖志斌爽快地回答："没问题！爸爸明天下午就抽空接你放学。"

小宇听到，可开心了。然而，到了第二天，廖志斌接到单位通知，要去现场工作。他这一去，又是很晚了才回到家，没能接小宇放学。

廖志斌回到家里，见小宇正在生闷气，就去逗她开心。哪知小宇生气地把头转过去，说："说话不算话的爸爸，别理我。"

廖志斌"说话不算话"的不良记录，并未就此终止。

小宇上初中之后，跳绳成绩一直不太好。而身体协调性极好的廖志斌是跳绳高手，多次在国网宿州供电公司的运动会上夺取跳绳项目的冠军。

就初中生跳绳而言，考试达不到满分一般都是动作有问题，只要花两三天纠正了动作，再坚持练习，都能考到满分。

"身边放着一个跳绳高手，帮助自己纠正动作还不是手到擒来的事情！"小宇抱着这样的心思，请爸爸教她跳绳。

这次，廖志斌没敢贸然答应，而是说："这段时间忙，不一定能抽出空。你放心，初三上学期之前，肯定把你教会。"

结果，直到初三下学期，女儿才在同班同学的帮助下纠正了动作，也成了跳绳高手。廖志斌始终没能抽出时间教她。

2019 年，女儿参加高考，廖志斌本来答应了要请假陪考的，可到了高考前夕，碰上天气条件不好，放心不下高考保电，便没有请假。

每年的中高考保电都是供电企业的重要工作，带电作业班当然不能懈怠。廖志斌身为带电作业班的班长，以他的性格，当然不会离开保电第一线。

孩子懂事，为他"开脱"说："爸爸为高考保电，虽然没来陪着我，却委托电流给成千上万参加高考的孩子送来了清凉，其中也有我呀。"

高考没陪考，孩子没跟爸爸计较。爸爸送孩

子上大学时的表现，让孩子真的生气了。当时，领导不但批假了，而且叮嘱廖志斌带着孩子好好玩玩。可他把孩子送到学校的当天，就说要回去。朱晓芬劝他多待几天，陪陪孩子，他却说："单位一大堆的活儿，我总不能在这儿闲着没事干吧。"于是，他隔天就回去了。孩子气得几个月都没理他，打电话只打给妈妈，而且跟妈妈说不要让"那个不靠谱的人"接电话。

不过，长大后的小宇非常懂事，不仅学习成绩好，而且自理能力很强，综合素质很高，在大学里不仅是学生会干部，还在大三下学期光荣入党了。

2022 年，小宇考了驾照，假期期间在宿州实习，都是先开车送爸爸到单位，自己再去实习单位上班。

在小宇面前说起她的爸爸，她往往笑而不语，但那神情，分明在为爸爸感到自豪。

最让廖志斌感到愧疚的是妻子。

"我欠她的，特别是 2020 年那次。"廖志斌说，"那年年初做了体检。检查报告上说她有甲状腺肿瘤，疑似恶性。当时快过春节了，我就想着过了春节，带她去外地复查一下。"

2020 年春节前后，新冠肺炎疫情肆虐，国家电网公司系统既要做好全体员工的防疫工作，又要为国家的防疫工作提供稳固的电力支撑。在这种情况下，每一名国家电网公司系统的员工都竭尽所能，积极投身抗击疫情的行动中。

廖志斌作为中国共产党党员，自然不肯落后。他一边要安排好防疫措施，排好值班表，确保线路运行维护工作正常开展，一边还要履行社区防疫志愿者的职责。

因此，带妻子复查的事情就耽搁了下来。

等到疫情形势缓和了，廖志斌打算陪朱晓芬去徐州复查，但班里工作实在太忙，又是一连几天没能走开。不得已，他只好拜托亲友陪她去。

复查的结果还是甲状腺肿瘤，疑似恶性。医生建议尽快手术。

　　廖志斌本来想让她再去南京检查，可朱晓芬知道他忙，就决定在邻近的徐州手术。

　　廖志斌放心不下，请了5天年休假，打算全程陪护。谁知妻子住院当天，单位突然有事情，廖志斌没能去成徐州。

　　好在手术当天，廖志斌终于处理完了手头的工作，赶到了徐州。手术的第二天一早，他又赶回了单位，以至于朱晓芬怀疑他根本没请假。

　　廖志斌说："平时没时间照顾她也就算了，住院了还不能照顾她，真的感觉很对不住她。"

　　朱晓芬并未因此责怪廖志斌。她说："他是班长，工作上得做出表率。咱家里人肯定不能再拖他的后腿。家里有什么事，咱都不让他烦心，让他安安心心地工作，努力把事情干好。"

　　"我的确很辛苦。可为了这个家，谁不辛苦？咱妈60多岁时还在干农活儿。你虽然难得能顾上家里，可在单位起早贪黑地工作，不是更辛苦吗？"朱晓芬笑着对廖志斌说，"一家人过日子，各负

其责，愧疚个啥？你在守电网，咱就要当好坚强后盾。"

　　最让廖志斌放心不下的是母亲。

　　廖志斌上学那几年家里连遭不幸，先是他爷爷去世，后来是他弟弟不幸摔伤身亡，他在部队当兵时，父亲又意外去世。辛苦劳作对廖志斌母亲的磨砺还在其次，聪明可爱的小儿子、伉俪情深的丈夫相继离开对她才是最大的打击。廖志斌当年没跟母亲商量就决定离开军营，正是出于这个原因。

　　20多年过去了，在母亲的扶持下，廖志斌一家人的日子过得红红火火：女儿小宇成才了，廖志斌事业有成了，母亲身子骨很是硬朗，朱晓芬每天过得非常充实开心……

　　享受着家庭的幸福和温暖，廖志斌有时候也难免回忆起20多年前那段难挨的时光。

　　他说："如果不是母亲这么坚强，担起了很多事情，我很可能被生活压垮，更不用说集中精力去工作了。"

换了谁，对如此不幸却又如此坚强的母亲都会满心钦佩。而廖志斌对母亲除了感恩、敬佩，还有愧疚。

弟弟当年是因为摔伤早逝的，廖志斌工作后却经常在高空作业，怎能不让母亲心生挂念，怎能不让母亲触景伤情？当初母亲忍痛把自家 20 亩庄稼地包给邻居，就是为高空作业的廖志斌揪心呐。

母亲特别坚强，特别慈祥，廖志斌夫妻对母亲也特别孝敬：朱晓芬不再经营粮油制品专卖店之后，承担了全部家务，让母亲抽出时间锻炼身体，外出旅行；廖志斌工作忙，在宿州不能为母亲做什么，但到外地出差时，经常去买一些当地的土特产，带回家孝敬母亲。

小宇也非常敬爱奶奶，经常为奶奶网购服装、鞋帽、饰品。

提到小宇，宋阿姨对我说："小宇这孩子啥都好，就是买衣服不行，老给我买一些鲜亮的衣服，说是要让我打扮得年轻一些。我都 70 多岁了，再

打扮也不年轻了！"

说着，宋阿姨开心地笑了起来……

二、授　业

韩愈说："师者，所以传道授业解惑也。"

但是，廖志斌总是谦虚地说："与徒弟们相比，我只是参加工作早一点儿，相关技术掌握得熟一点儿，远远谈不上传道，要说授业，还勉勉强强。"

王彦刚是廖志斌的得意弟子之一，他 2018 年进入输电带电作业班跟随廖志斌一线作业。

说起这对师徒的相认，还有一段故事。王彦刚未进入输电带电作业班之前，当时 40 岁出头的廖志斌是班组最年轻的成员。有一次，一位国网安徽省电力有限公司的领导同志到国网宿州供电公司调研，与一线员工座谈。廖志斌就后继无人的隐忧做了汇报，谈了自己的一些看法。会后不久，宿州公司党委研究决定，将 2017 年入职的王彦刚直接指定为廖志斌的徒弟，把他从其他部门调整到输电运检中心，安排在带电作业班。他们两人的师徒情缘就此展开。

输电线路工作大多的工作时间都在野外，在输电线路运维检修过程中，靠的就是个人责任心和责任感，多发现和消除一处缺陷和隐患，就能确保线路更稳固一分。进入班组后，王彦刚深得廖志斌言传身教。每一次检修现场，不论检修类型、施工规模如何，廖志斌都会带着王彦刚登塔作业。正是一次次的现场手把手教学，王彦刚的检修技能水平和运维能力才能在短时间内得到快速提升。

第一次登塔作业。工作内容是安装线路微拍在线装置，作业工序比较简单，爬塔高度仅6米左右，塔上作业由王彦刚协助师父廖志斌，负责地面作业的是班组的几位老师傅。

"你必须解放双手才能作业，身体大胆往后倾斜，让安全带使上劲。"廖志斌在杆塔上现场指导基本动作和要领，"上塔前做好检查和冲击试验，

杆塔是牢固的，安全带是绝对可靠的，不突破心理这防线，你在塔上干活儿就施展不开，长时间低效率作业对你的身体体能是一种考验。"

廖志斌耐心地指导着王彦刚，引导他在塔上正确使用安全带，以便更加省力地作业。

"彦刚很勇敢，第一次登塔没有表现出任何胆怯，腿也不发抖，这是他优于其他人的一点。理论基础好，只要平常多琢磨，多干活儿，早晚会超过我。"下塔后的廖志斌对班组其他同事说。

平时线路有检修工作，王彦刚都是主动请战上塔检修，在廖志斌的悉心指导下，他进步很快，先后被评为国网宿州供电公司劳动模范、国网公司青年托举人才，2023 年又被评为国网安徽省电力有限公司青年岗位能手。

"文正，不要怕！师父就在你的身后。"2021 年 3 月 2 日，国网宿州市城郊供电公司处理 35 千伏输电线路"三跨"隐患现场，在几十米高的铁塔上，廖志斌对吕文正说。

吕文正 2013 年 7 月到宿州市城郊供电公司工作，扎根电网一线，不断提升自身业务能力，熟练掌握了输电运检、配电运维以及带电作业等多个专业的技术。

2021 年国网安徽电力有限公司无人机巡检作业管理中心在全省输电线路"三跨"开展了无人机监察巡视，发现宿州市城郊供电公司所辖同杆架设的 35 千伏时村 53 线、35 千伏南秦 57 线 13 号—15 号杆跨越宿淮铁路和盐洛高速段存在导线绝缘子串线端挂点销钉缺失，可能导致绝缘子串脱落进而使高速与铁路中断运行的严重事故隐患。

接到省公司通报后，宿州城郊公司高度重视，运检部主任吕文正立即安排人员现场勘查、制订线路消缺方案。经勘查发现，35 千伏时村 53 线、35 千伏南秦 57 线是 35 千伏时村变、永安变的主要供电线路，若采取停电消除缺陷方式，在备用线路故障的情况下，会造成时村、永安全域失电，存在五级电网风险，严重影响供电可靠性；若不能及时消除缺陷，可能会对铁路与高速运行带来

严重影响。这处隐患危及公共安全，必须立即做出决定，早消除一天就会减少一分可能的风险。

这时，吕文正突然想到，"全国电力行业技术能手"、他的师父廖志斌，作为输电线路带电作业的专家，早在2018年，就通过绝缘操作杆补加销钉的办法消除了多处"三跨"绝缘子串销钉缺失缺陷。

吕文正立即拨通了廖志斌的电话："师父你好，我是小吕，现在有一个输电'三跨'补充销钉的缺陷需要你的帮助。""我现在还在外地出差，两个星期后才能回去。"廖志斌说道。

吕文正略感失落，说："好的师父，知道了。"

挂断电话，吕文正有些着急：师父现在帮不上忙，缺陷需要立即消除，这可怎么办呢？

这时，电话忽然响起，廖志斌似是感知到了徒弟的心思，说："文正，你别急，我这刚刚请了几天假，立刻回去，先帮你消除线路的缺陷，输电线路'三跨'的缺陷可不是小问题，必须快速消除，保证公共安全。"

当天，廖志斌就马不停蹄地赶了回来，到宿州时已经是半夜 2 点。

见到廖志斌，吕文正不好意思地说："师父，真是辛苦你了，让你来回奔波。"

廖志斌说："公共安全无小事，必须立即消除。再说了，我是你师父，帮助你是应该的。"

对于廖志斌来说 35 千伏线路带电作业简直是"小菜一碟"，毕竟他是经常主导 220 千伏输电线路带电检修的"领军人物"。但为了保证现场的作业安全，廖志斌多次带队仔细勘查现场，制定了切实可行的施工方案。

为了提高吕文正的带电作业技能，确保他落实输电线路带电作业规程，廖志斌在办公室现场教学，让吕文正使用绝缘操作杆一次次地模拟补加销钉。

补装销钉看似简单，但吕文正一上手练习，就发现操作起来特别难。

"师父，这太难了，我操作的时候拿不稳，销钉孔太小了，真累人啊！"吕文正疲倦地说。

　　其实徒弟没有说错，销钉孔只有2毫米的直径，用手直接操作都很难，何况销钉固定在3米操作杆进行操作。

　　面对徒弟的抱怨，廖志斌说："只有一次次地练习，才能准确掌握施工的方法；只有一次次地总结，才能快速成长。这是你第一次带电作业，我会冲在你的身前，完成第一个销钉补充，你接着完成第二个销钉补充，我会在你的身后对你进行指导。"

　　"安全带一定要打好，不要紧张，不要害怕，在办公室已经模拟了很多次，一会儿登塔的时候跟在我的后面。"在线路检修现场，廖志斌反复地向吕文正交待安全注意事项，帮徒弟做心理建设。

　　随着工作负责人安全交底完毕，师徒俩缓慢地向铁塔顶端爬去。

　　"文正，一定要小心，身体摆动幅度不要大，注意与带电位置保持安全距离。"廖志斌在其身后一次次地嘱咐着，一直看着徒弟到达指定位置。

"本次作业一共需要补充两个绝缘子串销钉，按照作业安排，我先完成第一个销钉的补充，你要认真学习，掌握方式方法。另外一个销钉需要你来补充，我会指导你。"

随后，廖志斌开始第一个销钉补充作业，边作业边讲解。

很快，第一个销钉补充完毕。

轮到吕文正补充第二个销钉的时候，廖志斌紧盯着他，不时给予技术指导。

在廖志斌的指导下，第二个销钉很快补充完毕。

在下塔的时候，廖志斌说："文正，我先看着你下塔，下塔时注意，打好安全带，不要失去安全保护。"

随着吕文正安全下塔，廖志斌悬着的心才放下。

"这次带电作业，你要好好总结，尽快熟练掌握此类消缺作业的方式方法，下次作业的时候，你就要独当一面了。"

面对廖志斌的谆谆教导，吕文正表示："我回去一定会好好总结，快速地成长，向师父看齐。"

2021 年 4 月，廖志斌带领吕文正主动承接省公司关于协助解决滁州公司 220 千伏"三跨"螺栓和销钉缺失的任务，创新地以电位带电作业方式完成了 220 千伏洪定 2C47、洪嘉 2C48 等 3 处严重隐患。

"廖班长，特别感谢你帮助我们消除隐患，特别是你这个徒弟作业方法熟练，深得你的真传啊。"国网滁州供电公司的同行如此评价。

虽然销钉缺失隐患消除的操作方式已经更加有效，更加安全了，但廖志斌没有停止对此类创新的钻研。廖志斌发现如果安装距离较远，绝缘杆较长，就很难精准安装销钉，而且销钉对准时间较长，没有较强的功底很难完成。如何省时省力，实现自动化快速补装销钉成为廖志斌的下一个课题。经过反复琢磨，他想出一个妙招：在绝缘杆的顶端加装一个可视化探头，通过手机实时监控安装的全过程。

想法看似简单，但研制的历程却很难。廖志斌带领徒弟进行各种试验，顺着更精准更高效的思路"钻"下去，这一钻便是一年。为了让各位徒弟全面发展，廖志斌给徒弟分配好任务，制订好实施计划，团队逐步完成了销钉孔自动定位、自动穿孔、工具自动固定、工具的缩小等一个个技术攻关。工具完成后，廖志斌立即组织开展工具试验，经过各种调试修正，最终实现了只要将该工具靠近缺陷部位，通过远程瞄准、安装，即可完成销钉补装。

每年的春季来临，一些鸟儿就开始在电力杆塔上筑巢垒窝，鸟儿在筑巢的过程中衔的铁丝、树枝及自身排泄物等，遇到阴雨天气极易引起线路柱上开关跳闸、绝缘子闪络等事故，给电网安全运行带来严重危害。虽然采取一定的措施，及时清理鸟窝，但仍然会发生因鸟害造成的线路跳闸事件。目前配网防鸟害最有效的方式就是对线路进行绝缘化处理，在线路裸露部分安装绝缘护套，但停电安装影响供电可靠性，带电安装周期长、有些地点无法安装，这都是让吕文正头疼的问题。

吕文正来到"启金工作室"寻求师父的帮助。

廖志斌根据多年的创新经验，提出使用电动遥控开闭合装置来实现绝缘护套的安装。在装置研制过程中，最大的难点就是装置的 3D 建模，这对吕文正来说是个全新的领域。"一定要向前看，遇到未知的领域，不要害怕，只要不停地钻研，就一定会取得突破。再说了，你还有师父我，上塔时我在前面带着你，下塔后我在后面支持你。"

廖志斌和吕文正一起收集了大量的学习资料，师徒俩经常研究到凌晨。"师父，你这样加班加点，总是不着家，师母应该会怪罪我吧？""没事，你师母说文正这小伙子忠厚老实，工作努力，你可得好好培养啊！"就这样，经过 3 个月的紧张攻关，"不停电绝缘护套安装工具"研制成功，迅速在公司系统内推广使用，取得了巨大的安全与经济效益，并获得 QC 成果三等奖的荣誉。

廖志斌非常重视吕文正的成长成才，积极推进徒弟全面发展。廖志斌向领导汇报，将吕文正纳入"启金工作室"的人才培养，也经常对吕文正说："不要觉得输电专业苦、累，我们守好这些线路，就守好了国家的电网，也守护了大家的幸福。"

廖志斌经常利用这样的机会，直接或间接传递价值观、生活态度、社会经验，润物细无声地影响和引导徒弟的工作和生活。

2020 年，廖志斌带着吕文正前往浙江 500 千伏输电检修现场学习交流，通过实际的现场作业，培养徒弟的大局意识、领导能力、组织协调能力。有了更加广阔的眼界，接触了更加广阔的世界，吕文正已成长为"国网安徽省电力有限公司技术能手"，是单位的技术骨干，他始终记得廖志斌的一句话"跟着我，向前看，我在你身前，也在你身后"。

谈到廖志斌，王彦刚说:"师父爱学习，爱思考，不怕吃苦，是高压线路运维检修的行家里手。他关心爱护同事，主动多干，不怕吃亏。他严于律己，高标准执行任务，是领导心里的'稳妥人'，是同事眼里的'领头人'。"

廖志斌以身作则，言传身教，毫无保留地与

同事们分享他的"绝技"和"心得"。为了让新员工尽快适应工作环境、掌握专业技能，廖志斌手把手地教业务，面对面地教理论，按每名员工的特点制订培训指导计划，并开展一对一的辅导。作为师父，无论在工作中还是在生活中，他都晓之以理，动之以情，以身作则，用自己的实际行动带动徒弟们对工作的激情，鼓励他们做到敬业，精业。他的徒弟中，已有2人成为市级技术能手，12人成为单位技术骨干。

第五章　他不是一个人在战斗

通过这半年的采访和接触，我用于描述廖志斌的词越来越少，从"谦虚、钻研、敬业、创新、团结"，到"真诚、用心、付出"，再到"普通、勤奋"。而现在，我用来描述廖志斌的只有"守护"这一个词了。

从踏进供电企业大门的那一刻，他就开始守护电网，其间有风霜，有雨雪，有泥泞，也有坎坷。然而，他排除了一切干扰，将守护进行到底，坚守初心，不负使命。

"坚守"这两个字，说起来很简单，做起来很不简单：安逸的诱惑、挫折的打击、困难的阻挠……

这些随时随地都可能发生的事情会不断地干扰我们，而我们就像《西游记》里的唐三藏，要历经九九八十一难，经受住各种预料之中和意想不到的考验，才能修成正果。

廖志斌并非唐三藏那样的"圣僧转世"，也没有"神佛护持"，是什么支撑着他坚守初心，将守护进行到底，得以"修成正果"呢？

这个问题，我思考了很久。

直到某天黄昏时分，我乘车经过宿州，看到那片广袤的平原时，才恍然大悟：廖志斌就像这片厚重的土地，在童年时就接纳了一粒种子。这粒种子就是守护祖国、守护人民的信念。对廖志斌来说，这粒种子在童年播下，在军营萌发，在国家电网茁壮，越来越生机勃勃，越来越枝繁叶茂。

廖志斌并不是一个人在战斗。

像他这样因着对祖国的热爱、对人民的忠诚，用青春和热血来守护电网的人还有很多，比如汪劲松，比如张占胜，比如孙燕飞，比如杜娜，比如单德森，比如周信……

一、能人汪劲松

汪劲松师傅，是国网宿州供电公司的一名职工，也是单位干部职工一致公认的"能人"。

这位能人跟廖志斌一样，也是退役军人，同样讲纪律，讲执行力。自1989年从平圩发电厂调到宿州电业局之后，13年的时间里3次被调整专业，他都无条件接受，而且在每个岗位上都干得有声有色。

1989年，汪劲松调到宿州电业局，被安排到线路工区工作，他在这里跟许启金、吴强并肩战斗了7年，直到1996年调到供用电管理所运行班工作。在供用电管理所运行班工作期间，汪劲松先后任主值、安全员，在每一个岗位上都做出了优秀的业绩。

2002年，汪劲松调到配电检修班工作。在这里，他善于思考、敢于创新、动手能力强的特点得到了充分发挥。

有一年的夏季特别热，那天宿州市城区丰收路

公变 9 号分线箱接线螺丝松动，冒火花，必须停电检修。当时，气温达到 36℃，一旦停了电，台区里家家户户的空调、电风扇都将无法使用。

这么高的温度，没有空调、电风扇送来凉风，客户注定要汗流浃背。

为了客户，似乎不应该停电，可不及时停电检修变压器，一旦变压器烧坏，更换新的变压器需要的时间更长。

权衡再三，汪劲松与同事们顶着客户的责骂，硬着头皮停掉了那台变压器。

虽然及时排除了故障，在最短的时间内恢复了供电，但用电客户们大汗淋漓的身影留在了汪劲松的脑海里，不时在他眼前闪现。

那段时间，他一直在思索一个问题：检修配电变压器能否不停电？

有一天，灵光乍现，汪劲松想到了一个办法——制作绝缘扳手！

如果扳手是绝缘的，检修人员用它来检修设备就不怕带电了。

他找来工具，每天晚上加班加点在工作室车，磨，锉，装。

经过两个多星期的努力，世界上首个低压绝缘套筒扳手诞生了！

这种扳手能在带电的低压设备里操作。通过现场使用，多次改进，完全满足低压带电作业的技术要求，实现不停电维护检修。

低压绝缘套筒扳手的出现，大大缩短了在运行低压设备的检修时间，极大地提高了社会效益，同时也提高了经济效益。

攻克低压设备带电检修的难题之后，汪劲松又盯上了拉线。

传统的拉线制作是用钳子夹着铁丝，围着拉线绑扎缠绕而成。缠绕拉线的力度过大，会损坏绑扎铁丝镀锌层，导致铁丝生锈；缠绕拉线的力度过小，绑扎的铁丝与钢绞线的握着力不够，影响拉力。

汪劲松根据工作经验，开动脑筋，制作出了"Y"形拉线快速绑扎缠绕器。

这种绑扎缠绕器能够精确控制缠绕拉线的力度，杜绝传统拉线制作中存在的力度过大或过小

的问题，从而提高拉线的使用寿命，为电网安全运行提供保障。

两项发明问世，汪劲松"能人"的名声不胫而走。

2010年，安徽省推广智能电表。由于智能电表必须安装复位按钮，而原有的电表箱没有安装复位按钮的位置，给这项工作带来了极大困难。

为了解决这个问题，有的地市供电公司将原有电表箱整个换下，采用带有复位按钮孔的电表箱；有的将箱门割下来送到工厂挖出按钮圆孔，再把箱门焊回去。

这两种方法虽然都能解决安装复位按钮的问题，但也有缺憾：第一种方法耗费资金太多，第二种方法耗费时间太长。

这次，汪劲松又出手了，他根据液压传递原理，成功研制出便携式液压冲孔器。

便携式液压冲孔器体积不大，便于携带，在狭窄的巷道只要两个人操作，两分钟就能打出一个孔，以最经济、最快捷的方式彻底解决了老式电表箱无法安装复位按钮的问题，为智能电表的推广扫除了障碍。

便携式液压冲孔器获得了实用新型国家专利。

2011年，汪劲松发现大部分老式开关箱、计量箱都存在问题：一是开关箱底部容易积水，不仅会导致锈蚀而且极易造成箱壳带电，给检修、抄表、用户用电带来安全隐患；二是计量箱观察孔安装的是玻璃片，容易损坏。

这两个问题被汪劲松注意到之后，就逃脱不了被解决的命运了。这次，汪劲松没费太多精力，只出了很简单的三招：一是在箱底部打小孔解决渗雨积水问题；二是将进出线改在表箱上部，将电表安装位置下移，保证了导线对地安全距离；三是将原来的玻璃片换成有机塑料，问题轻松解决。

老式开关箱、计量箱的使用寿命只有5年左右，经过汪劲松的这次改造，使用寿命延长到8年左右。

开关箱、计量箱是低压电网中不可缺少的设备，仅汪劲松所在的班组就管辖低压开关箱3000多台、计量箱2万多台。通过改造，不仅提高了

安全系数，而且明显降低了供电故障率，还节省了数百万元的设备支出。

后来，汪劲松又发现安装膨胀螺钉的传统方法存在问题。

传统方法是直接用手扶着膨胀螺钉，用锤子敲击。敲偏了，不仅容易损坏膨胀螺钉，还可能伤到手，而且想要取出已被砸进墙体的膨胀螺钉非常困难。

为了解决这些问题，他研制了膨胀螺钉安装器。使用这种安装器，不但消除了安装膨胀螺钉过程中可能导致人身轻伤的安全隐患，而且使膨胀螺钉的损坏率由原来的 11% 降到了 0。

汪劲松心里不光装着工作，也不光装着发明创造，还经常利用休息时间，为宿州市干休所的老干部志愿服务，发现安全隐患立即消除，发现故障马上排除，发现缺陷现场解决。

干休所的老同志听说汪劲松来了，还把故障台灯、电风扇拿来让他修理。

他们对汪劲松说："外面的电器修理部根本不

愿接这些'小活儿'，你经常上门志愿服务。这不就是雷锋精神嘛。"

由于工作勤奋、业绩突出、贡献巨大，汪劲松获得了"安徽省十大能工巧匠""国网安徽省电力公司劳动模范""安徽省电力公司首席技师""安徽省电力公司争先创优优秀党员""国网安徽省电力公司优秀专家人才"等称号。

二、后起之秀张占胜

国网宿州供电公司有汪劲松这样的老师傅，有廖志斌这样年富力强的中坚力量，也有张占胜这样的后起之秀。

张占胜，出生于1989年，30岁出头。自2013年大学毕业起，他一直在营销服务一线工作。

张占胜勤思考，善总结，敢于直面问题，善于不断创新，数次攻克专业工作中的技术难题。他常说："我要做一颗电力行业的螺丝钉，钉在那里，永不生锈。"他是这么说的，也是这么做的。

从入职第一天开始，他就用钉钉子的精神学习钻研营销专业知识，不会就问，问完就练。在领导和师父悉心的"传、帮、带"下，他逐渐成长为营销专业的一名"尖兵"。

台区公变总表维护工作一直是计量专业的"老大难"。数量多、任务重、情况复杂，是横亘在解决台区公变总表维护工作路上的绊脚石。2015年，智能表全覆盖和用电信息采集建设这个艰巨的任务交到了张占胜的手里。从 6 月开始，全市 2300 余个台区公变智能表安装轮换、台区总表采集消缺和线损异常消缺成为他的主要工作。

面对这个让众多老师傅挠头的"老疙瘩"，张占胜迎难而上，一个台区一个台区地更换，一个总表一个总表地消缺。就这样，他用钉钉子的方法完成了 2300 余个台区公变智能表轮换工作，在全省范围内率先完成台区公变智能表全覆盖，将公变总表采集成功率由最初的 90% 提升到 99% 以上，位居全省前列。

他并不满足于现有的成绩，继续向着下一个目标奋进。经过不断努力，2017 年他完成了 2300 余个台区考核计量装置台账建立，改善了以往考核计量装置的粗放式管理模式，新装353个台区总表、集中器，检验66个台区增、减容现场，完成353台总表首检、21台区销户计量装置拆除回收，更换互感器34只，完成309个台区总表及二次回路消缺改造。

在辛勤工作的同时，张占胜也像廖志斌一样钻研业务，锤炼技术。在2016年宿州市电能计量装置错接线检查技能竞赛中，张占胜获得个人二等奖和宿州市劳动竞赛先进个人荣誉。由于业务技术出色，张占胜被国网安徽省电力有限公司集训队征召，作为第十届全国电力行业职业技能竞赛候补队员参加为期3个月的集训。

有廖志斌的榜样在前，张占胜非常珍惜这3个月的集训光阴。他知道，在这里的每一刻都是机遇，每一刻都是磨炼，每一刻都是挑战。他把每一次操作都当作竞赛，每一次都拿出十二分的精神对待竞赛中的那78颗螺丝钉。手掌痛了，就贴一片随身带的云南白药壮骨膏；困了累了，就泡一杯苦得难以下咽的浓茶。无数次地练习，使他的双

手变得如钢琴家般灵活；无数次地操作，使他的眼睛变得如神枪手般敏锐。汗水最终结出了丰硕的果实，经过层层选拔，他得以代表国网安徽省电力有限公司参加第十届全国电力行业职业技能竞赛，最终以第9名的成绩荣获"全国电力行业技术能手"称号。

夏天是最能考验计量人员服务水平的时候。由于用电负荷大，经常出现烧坏变压器、JP柜（即配电变压器综合配电柜）和台区关口考核计量装置的情况，如果在抢修完成送电后再安排更换计量装置，势必造成台区变压器多次停电，给人民群众的工作、生活带来极大不便。为了缩短停电时间，服务人民群众。张占胜给自己立了一个军令状"无论何时，一定要赶在抢修送电前完成更换工作，绝不多停一次电。"为了这个军令状，他牺牲了娱乐，牺牲了休息，无论是周末还是深夜，无论是暴雨还是大风，总是第一时间赶到现场，及时完成损坏计量装置及其二次回路的更换安装，确保所有工作只需停一次电。

宿州市高新区梅庵集引河桥位于宿州市主城

区北外环东段与东外环北段交界处。由于工期紧张，该桥建设所用的临时用电工程施工完成并办好所有用电手续后，急需装表接电。刚从外地参加完注册计量师考试的张占胜接到任务，马不停蹄地赶到办公室，换好工作服，带上工具，直奔现场。到达现场的时候天已经全黑下来了，为了不耽误客户用电，不耽误工程建设，他借助手电筒发出的微光，一点点地查线，布线，安装计量装置，一丝不苟地检查送电后各项数值是否正常并采集终端调试。

当安装工作结束后，送电检查时，发现电能表上显示逆相序，他马上把可能引起显示逆相序的情况在脑子里过了一遍：二次错接线吗？可能性不大，安装过程全部是一个个回路规范安装，安装前也进行了二次线测试，不太可能是二次错接线。但为了排除疑问，他还是再次接线核查，结果没有问题。

那就剩下一种可能，一次进线存在逆相序，然后他和操作人员按照操作程序实施停电、验电、挂接地后，开展电缆调整工作，这一系列操作后，

再次送电检查，结果完全正常。所有工作结束，张占胜直起身来时才发现远方的天空泛起了鱼肚白。经过这一夜的鏖战，他工作服都湿透了。看到工程能如期开工、看到客户满是感激的笑脸，他并不觉得疲惫，反而觉得浑身充满了力量。

2018年，张占胜任宿州公司计量室副主管。9月的一天，家住宿州市埇桥区秦巷口的李阿姨激动地拉起了张占胜的手："小伙子，谢谢你啊！之前我态度不太好，你不要放在心上。""李阿姨，没事，只要你们用电安全可靠，我们的目的就达到了。"刚检查完用电设备的张占胜又和同事们一起更换起了李阿姨家的老化线路。

时钟拨回到一天前，张占胜和李家玲的第一次见面并不愉快。9月13日中午，一封工单流转到了计量室副主管张占胜这里，独居低保老人李家玲反映8月份电量异常，申请校验电能表。接到工单后，张占胜立即联系李阿姨询问家中用电设备、用电规律、用电人口等基本情况，当得知用户家中大功率用电设备只有1台冰箱和1台挂式空调，而且由于老人比较节约，电器经常性处于停机状态时，张占胜立刻安排人员下午到用户家中进行电能表校验。

经过现场校验，电能表校验误差在允许值范围内，表计没有问题，现场人员跟用户李阿姨解释后，李阿姨情绪非常激动："家里就我一个人，天气再怎么热我都没开过空调，一个月怎么用这么多电费，电表肯定有问题！"面对用户的不理解，现场人员随即将具体情况反馈给了张占胜。不一会儿，张占胜拨通了李阿姨的电话："李阿姨，我们现场的校表台子是要定期送到权威机构检验的，校表结果肯定没有问题，我们安装到现场的电能表也要在安装运行的第1，3，5，7年抽检，至今没发现电表出问题的情况，如果您还有疑问，我们可以进行实验室检定。"解释后，仍未打消用户疑虑，张占胜又调出用户前几个月的用电量跟去年同期的用电量对比，发现用户电量确实发生了突增，按老人的生活习惯，应该不会用这么多电量。于是，他决定亲自到用户家中检查，找出电量激增的原因。

第二天上午，张占胜和同事一起到达用户家

中，李阿姨的家是自建房，平时一个人住，家里
除了一台老旧冰箱和一台空调，没有其他大件电
器。在李阿姨的指导下，张占胜从电表箱开始检查，
首先检查电表是否有错接线、串户情况，排查电
表、空开接线正常，再检查空开至用户家中线路，
这时发现属于用户资产的进户线由于老化严重，
出表箱处绝缘层破损，搭接表箱造成漏电。问题
找到了！张占胜随即用绝缘胶布将破损处包裹处
理，并给李阿姨解释检查结果："阿姨，我们产权
分界点是在开关处，出线是属于用户自己管理的，
你看是由于您家电线破损漏电，造成电量变大，
现在已经给您处理好了。"由于对漏电不了解，
李阿姨对检查结果表示怀疑："漏电哪能用这么
多电？电表肯定有问题……""这样吧，您和我
们一起把电表带回去再做一次校验，您看行吗？"
经过沟通，李阿姨同意把电表拆回实验室再做一
次校验。

在李阿姨的全程见证下，实验室校验的最终结
果仍为合格。张占胜趁热打铁继续向李阿姨解释，
国网宿州供电公司计量室是经宿州市场监督管理

局授权的计量检定机构，接受政府部门监督，计量标准是社会公用计量标准，校验电表的流程方法和准确性肯定是没有问题的。最终，经过多方面的沟通，李阿姨认可了电量激增的原因是线路老化破损漏电造成的。

送走李阿姨回到办公室，张占胜始终有点儿不放心，回想起李阿姨家中线路老化的实际情况，他觉得要为李阿姨家中的用电安全做些什么。经过支部同意，当天下午，张占胜和共产党员服务队成员就带上材料到了李阿姨家中进行义务用电安全检查和进户线更换，于是出现了开头的那一幕。经过一个下午的奋战，李阿姨家中的用电线路焕然一新，隐患全部消除。"阿姨，用电方面有事就给我们打电话。"在递给李阿姨安全用电手册后，张占胜才和同事们一起放心地离开。

张占胜用努力染就青春色彩，用实干彰显党员荣耀，用行动展示了"电力螺丝钉"的坚韧。付出换来认可，他先后获得国网安徽省电力公司"优秀共产党员"、国网安徽省电力公司"十佳服务

之星"、宿州供电公司"优秀共产党员"等荣誉
称号，成为国网宿州供电公司青年员工的榜样！

三、爱心飞扬孙燕飞

在宿州西北方向 50 多公里处，有一座城市叫
淮北。

淮北，别称"相城"，安徽省辖地级市，全国
重要的资源型城市。

在这片土地上，也有很多与廖志斌、汪劲松同
样优秀的电网职工。孙燕飞就是其中一位。

与廖志斌一样，孙燕飞也在军营里生活过。
1996 年，18 岁的孙燕飞入伍，成为武警湖北省消
防总队的一名战士。

与廖志斌一样，孙燕飞也经历了 1998 年的抗
洪抢险。她和战友们在滔滔巨浪前立下"人在堤在"
的誓言。

与廖志斌一样，孙燕飞 1999 年退伍后，被安
排到供电系统工作，是廖志斌在退役军人岗前培
训班的同学。

退役军人岗前培训班毕业后，孙燕飞被安排到淮北供电公司客户服务中心工作。经历过抗洪抢险，见过身边的战友不顾自身安危守护大堤，守护群众，孙燕飞深知奉献的意义，也领悟了快乐的真谛。

在工作岗位上，她好像每天都有使不完的劲儿，抢着做各项工作。

担任电费核算员期间，孙燕飞每月负责4万多户高低压用户的电费计算、审核、发行工作，每年开票数量超过50万户。海量的抄表数据练就了孙燕飞的"火眼金睛"，她至今保持着"电费核算零差错"的纪录。她积极探索工作创新模式，总结出了许多很有实用价值的工作方法，创新建立了退补电量、电费工单电子资料库，建立起了各类退补资料台账目录、跟踪明细，将无形的管理转为动态维护。她先后制订了班组个人"审核异常处理工作单""阶梯电价二、三档电量复核办法"，以及零度户统计抽查制度、电量异常户现场稽核制度等。使每一个工作环节都有标准，有监督，有考核，不断促进电费核算工作的规范化、

精益化。

后来，孙燕飞被调到营业大厅担任班长。从电费核算到营业窗口，工作岗位变了，工作的范围和内容也变了，从每天和数字打交道变成了和用电客户打交道，需要尽快适应角色的变化。

但是，当每天穿着单一的工作服一个姿势一坐就是 8 小时的时候，当绽放如花的笑颜却换不来客户满意的时候，她动摇了。

这时，一个在营业厅工作了几十年的老班长对她说："你试着把客户当成自己家人那样对待，用心服务。"

在半信半疑中，孙燕飞开始补习各类用电常识及相关法律法规，熟背各类用电业务的接洽和流程，基础知识积累得不够就认真自学，业务上不懂就虚心向老师傅请教。孙燕飞每天都总结为客户服务过程中收获的经验和教训，不断地提升自己的服务水平。

孙燕飞担任营业厅班长期间，微笑成为她的"名片"，热情成为她的"语言"。孙燕飞始终按照"服务没有最好，只有更好"的标准，完善自己，提升窗口服务质量。在她看来,接待一次客户咨询、受理一个专项业务,对窗口人员而言,可能只是一句简单的言语解释、一个习以为常的办理流程,但是对窗口另一边的客户来说却可能是一次判定电力服务质量的决定性体验。因此,她常常把自己置于客户的立场,揣摩客户的需求,进而提供相应的服务。比如遇上首次办理银行卡扣电费而不放心的老年客户,她会记下客户的联系电话与户号,下个月代扣成功后主动通知老人让其安心。她在岗位上用这样润物细无声的贴心服务,默默地担起职责,坚守初心。

随着经济社会的发展,客户的用电需求和服务需求日益多样化,服务的方式也需要随之灵活变化。如何把服务变成具有无限创新空间的创新艺术,如何让服务更加便捷化、智能化,成为孙燕飞思索的问题。她从班组文化建设入手,推广带有规律性的经验和做法,将经验变制度,示范变规范,样板变标准,创新提出"三六五"服务理念,开展"三微"工作法,实现"三零"工作目标,并建立了"管理标准化、培训程序化、考

核规范化、内容系列化、形式多样化"的培训机制，通过言传身教，让新入职员工迅速成长为独当一面的服务"明星"。孙燕飞的徒弟，有不少已走上管理岗位。

15年来，孙燕飞共受理用电业务3.6万余份，接待客户咨询9万余次，开展用电宣传700多场。她所负责的营业厅先后荣获"全国三八红旗集体"、国家级"青年文明号"、华东电网"城市规范化营业窗口"、"省巾帼文明岗"等荣誉称号。

工作之余，孙燕飞经常参加公益活动。

一开始，孙燕飞参与公益活动也是"被动式"的。直到2009年，她参加了淮北供电公司团委组织的去福利院跟孩子们一起过儿童节的活动。

那个福利院的孩子多数都患有先天性疾病。孙燕飞觉得他们很不幸，但是这些孩子看到她们，都绽开了灿烂的笑容。当孙燕飞和同事们将精心准备的零食和玩具交到他们手里时，他们竟会口齿不清地说"谢谢"，然后张开双手要求拥抱。那一刻，孙燕飞心里盛满了酸楚，她伸出双手，张开怀抱，将这些天真无邪、让人心疼的孩子一一拥在怀中。

从那天起，孙燕飞就决定用心投入公益活动，并发起成立了"燕飞便民流动服务队"。

孙燕飞和"燕飞便民流动服务队"积极创新电费回收模式，将服务平台前移至街头、社区，乃至居民家中，利用移动 POS 机开展便民缴费，先后与黎苑、民生、新华巷等数十个小区建立常态定点联系，针对社区居民用电方面存在的疑难焦点问题，开展细致解答，现场办理电费代扣业务，受到了广大市民的欢迎。

走进社区，孙燕飞近距离地接触到孤独的空巢老人，感受到残疾人生活的不易，看到远离父母的孩子对母爱的渴望。她便将单一的供电服务延伸至定期陪空巢老人聊天，帮助残疾人解决生活困难，为留守儿童送去关爱，以及爱心送考、捐资助学、环保宣传，等等，形成了一个流动的"爱心窗口"。

在黎苑社区空巢老人燕大爷和老伴的眼里，孙燕飞就是自己的"亲闺女"。闲暇之余她经常到老人家里打扫卫生，烧水倒茶，嘘寒问暖，逢年

过节的探望早已成为她雷打不动的习惯。

　　在困难学生丁心莲的眼里，孙燕飞就是自己的"爱心妈妈"。当得知丁心莲的爸爸身患重病无法干活儿，一家人只靠丁心莲妈妈打扫卫生的收入生活时，孙燕飞就经常给丁心莲姐弟买书，买玩具，帮他们辅导功课。

　　在光明驿站留守儿童丁丁的眼里，孙燕飞就是自己的"知心老师"。有一天，丁丁忽然冒出一句"上学没有用，还不如打工挣钱"。孙燕飞听到后，着实吓了一跳，她便有意多找丁丁聊天，经常带着他浏览一些有关国家科技进步的新闻信息，让他了解到是科技的进步推进了国家的发展，而科技进步需要高端知识人才，唯有学习才能武装自己，帮助丁丁树立起"努力学习为国家做贡献"的志向。

　　婷婷是淮北市濉溪县刘桥镇任圩小学的留守儿童，先天性白内障患者，而且没有办法治愈，只能用药物延缓病情的发展。

　　由于父母长期在外打工，9岁的婷婷和年迈的奶奶生活在一起。孙燕飞和同事们了解到情况后，主动来到婷婷家里，帮她辅导功课，和她谈心做游戏，弥补她缺失的母爱。

那年过生日时，婷婷许下了一个愿望，想去相山公园看一看。孙燕飞和同事们就将婷婷和其他6个留守儿童一起接到淮北市区，带他们到相山公园游览，领略大自然的美景；到儿童乐园坐旋转木马，到新华书店购买图书，到他们从未去过的肯德基吃饭。分别时，孩子们拉着孙燕飞和同事们的手不肯松开。2022年的母亲节，孙燕飞收到了婷婷借用老师手机发来的短信："阿姨，节日快乐，真想喊您一声妈妈。"

2020年，面对突如其来的疫情，曾在武汉服兵役的孙燕飞第一时间报名参加了淮北市退役军人抗击疫情突击队，迅速投入疫情防控工作中。当她的手机收到一条来自淮北防疫指挥部发出的血库告急短信时，她二话没说，撸起袖子献了400cc的血。当看到应对疫情医疗物资严重匮乏，她又先后三次向组织上捐款。

10余年来，孙燕飞救助了周海燕、张雨婷、丁心莲等24名贫困、残疾儿童，建立了143户重

点监护空巢老人档案，爱心捐助资金 10 余万元、图书 2 千余册，蛋糕 52 个，轮椅 10 辆，便携式小推车 20 辆。培育和孵化了"光明驿站"关爱留守儿童志愿服务、"阳光伙伴"助残行动、相城电保姆·用心三六五、电靓相城·创城我先行、关注留守儿童心理健康、与空巢老人结对"认亲"等多项志愿服务项目。

2018 年的 8 月 17 日，台风"温比亚"到达淮北。一夜之间，树木倒塌，城区内涝，积水停电。为了保障居民用电安全，孙燕飞主动请缨，带领服务队的队员第一时间赶往受灾现场南山村，开展故障线路排查，宣讲安全用电常识，确保安置点用电安全。由于受灾面积广，孙燕飞根本来不及好好休整，又要奔赴下一个安置点。龙湖开发区内，积水 1 米多深，车辆无法通过，孙燕飞就蹚水走进园区，走进企业，逐户查看现场，帮助客户恢复生产用电，为受灾居民带去方便面、矿泉水等生活必需品。

服务队成立至今，孙燕飞带领队员们走遍了淮北市所有居民社区，开展各类志愿活动 3000 余人次，"燕飞便民流动服务队"也成长为拥有326名固定成员的"燕飞志愿者服务队"，成为淮北市家喻户晓的电力服务品牌，孙燕飞也被市民们誉为"爱心飞扬的小燕子"。

孙燕飞曾看到这么一段话：有一种生活你没有经历过，就不知道其中的艰辛；有一种艰辛你没有经历过，就不知道其中的快乐；有一种快乐，你没有经历过，就不知道其中的纯粹。

她认为这就是对志愿者生活最好的诠释。

孙燕飞发起的"燕飞来"关注留守儿童用电安全项目荣获第三届中国青年志愿者服务项目大赛金奖、第十一届中国青年志愿者优秀项目奖。她本人先后荣获"中国好人""全国巾帼标兵""全国青年志愿者优秀个人""全国模范退役军人""全国三八红旗手""安徽省劳动模范"等荣誉称号，当选第十二届全国青联委员。中央电视台曾以4分钟的时长报道她的先进事迹。

四、垒山不止的杜娜

我们将目光再向西南移动280公里，来到六

安市。

六安市别称"皋城"，安徽省辖地级市，位于安徽省西部，大别山北麓，长江三角洲西翼，地处江淮，东衔吴越，西领荆楚，北接中原，是著名的革命老区，被誉为"红军的摇篮、将军的故乡"。

在六安有这样一名先锋人物：作为供电窗口服务人员，她娴熟的业务技能、规范真诚的服务行为和创新的特色服务受到客户一致好评；作为国网六安供电公司营业厅班长，她创新管理，带领营业厅打造一流供电窗口，为优化电力营商环境做出了突出贡献；作为劳模创新工作室带头人，她带领团队成员攻坚克难，立足客户需求不断创新工作方法，打造了先进创新团队；她在新冠肺炎疫情期间主动请缨，奋战在第一线，并带领志愿者服务队在文明创城、精准扶贫、乡村振兴中做出了突出贡献。

她就是杜娜。

2001 年参加工作以来，杜娜一直工作在供电窗口。

刚参加工作时，她发现很多客户办理业务时都一脸迷茫，便自制一套图文并茂的"分类业务指南"和"填写模板"，制作《供电服务知识问答》口袋书，以问答形式汇集了客户关心的焦点问题，为窗口服务人员提供了规范的应答话术。后来，"分类业务指南""填写模板""供电服务知识问答"在六安全市供电企业推广应用，大大提高了办电效率和客户满意度。

2006 年，杜娜担任国网六安供电公司营业厅班长，成了市区小有名气并备受信赖的"小杜班长"。

杜娜从客户需求的角度出发，开创 7 项特色服务："夜间售电服务"开全省 24 小时售电服务的先河；"客户需求立办制"真正落实了供电窗口"首问负责"，有效解决了客户需求；"发票上门制度"服务了近百位空巢老人和残障人士……

2018 年，杜娜创新"五觉"服务法，全面提升营业厅软、硬件服务水平，使营业厅在六安市公共服务窗口测评中 5 年蝉联第一。

在杜娜的带领下，国网六安供电公司营业厅先后被授予"国家级青年文明号"、华东电网"先进女职工集体"、"全国五一巾帼标兵岗"等光

荣称号。杜娜光荣当选安徽省"核心价值观最美代言人"。

杜娜善于细节创新，也善于学习业务，提高技能。她多次在国家电网有限公司、国网安徽省电力有限公司的劳动竞赛中取得佳绩，连续荣获"国家电网有限公司服务之星""国网安徽省电力有限公司业务知识调考优秀个人""国网安徽省电力有限公司供电服务技能竞赛先进个人"等称号。

2012年，一部名为《绽放的映山红》的微电影从国网公司微电影大赛上载誉归来，片中，由杜娜本色出演的"杜娟姐姐"与她的帮扶对象——留守儿童"小树"的淳朴情谊感动了无数观众。

那时，以杜娜命名的"杜娜志愿者服务队"已经在六安市内有较高的知名度，服务队以开展上门用电服务为主要服务形式，并广泛参与社会公益事业。2010年，国网六安供电公司对"杜娜志愿者服务队"正式授牌命名。多年来，服务队不仅走遍市区的千家万户，还深入各个企业、厂矿宣传节电常识，检查安全隐患，深入中小学给孩子们上电力安全课，更是深入到空巢老人、留守儿童等特殊群体中，给他们带去贴心温暖的服务，为关爱留守儿童、文明创城、乡村振兴等公益事业做出了积极贡献。

服务队把帮扶重点放在关爱留守儿童和结对扶贫村上，杜娜带领队员们广泛深入到扶贫村的电力建设、光伏扶贫、就业扶贫、阳光助学等工作中。在金寨县张冲乡、齐山村及叶集新塘村为村民提供上门用电服务和指导50余次，给贫困户推广光伏扶贫政策，定期清理维护光伏板，给村级集体经济带去5万多元实际收益。在金寨县金刚台村梅河小学打造安徽省电力公司光明驿站示范站点，装设电采暖，开设电教课堂，开展阳光助学、心理援助等活动170余次，募集捐款2万多元，惠及留守儿童500余名。为了零距离开展电力志愿服务，2013年，数万张印有服务队微信、微博二维码的卡片飘进市民家中，市民们在微博进行用电方面的求助，杜娜都会在第一时间联系相关部门解决到底。

服务队成立以来带动骨干青年200余人，为客户开展主动服务2600余次，切实解决了客户的用

电困难，并凭着过硬的工作作风、细心周到的服务赢得了当地政府、群众的认可和喜爱，成为电力系统内外具有广泛影响力的志愿者活动品牌，2013年，服务队获得国网安徽省电力有限公司"先模品牌"命名，并连续4年被评为"六安市优秀志愿组织"。

坚持不懈的志愿活动和媒体的宣传使得服务队在系统内具有了极高的知名度和先锋模范作用，逐渐打破营销岗位界限，吸引了公司其他岗位的青年主动加入为民服务的志愿者行列，为民服务的内容更加广泛，也塑造和发现了一批优秀青年人才。杜娜还受邀在农电公司和各个县公司做培训，宣传志愿精神，受到青年员工的欢迎和关注，志愿服务的队员由最初的13人扩展为现在的上百人。服务队伍日渐壮大、"先模"精神薪火相传。志愿服务的领头人杜娜经常与志愿者们亲切交流，并为新队员加油，点赞，竭尽所能地为志愿服务搭建更多平台。在杜娜的倡议下，公司志愿服务与重点客户、职能部门结成对子，解决问题。召开"察实情、办实事"重点工作推进现场会，组织公司各方力量认领服务难题。

随着"互联网+"时代的到来，开展业扩报装提速增效、创新服务方式、优化电力营商环境，助力供电企业更好地满足人民日益增长的对美好生活的需要。杜娜围绕"三压减、二加强、一提高"的要求，在营业厅创新实行"一口对外、一次性告知、一站式服务""三个一"服务模式，提出客户办电"允缺后补"，努力打造客户"一次都不跑"的卓越服务理念，带领团队将平均办电时间压缩至非居客户1.8天、高压客户5.7天，中、小微企业办电环节分别压减至4个、3个，齐力助推六安"四最"营商环境建设；持续推进线上办电模式，为客户提供从技术咨询到装表接电的"一条龙"预约上门服务和市场化售电、综合能源服务等业务代办服务，"不见面办电"服务在省营商环境试评价报告中作为典型案例推广，"获得电力"全省排名明显提升。为了让电力服务从供电营业厅走进政务中心，杜娜在六安市政府政务中心设置"政企服务专用窗口"，与市房产局在房产交易中心联合设置免费用电过户窗口，进一

步简化了用电过户办理手续，同步推进了客户用电实名制，使客户真正感受到超出预期的有温度的服务；在各个社区，她组织客户经理们与六安市物业协会共同构建"物电联盟"服务体系，将服务延伸到客户身边；通过创新开发"政企大数据泛在应用平台"，杜娜劳模创新工作室打造了政企数据共享朋友圈，真正实现客户办电主动化，智能化……这一系列举措大大减少了客户临柜次数，减少了客户的平均办电成本，将供电公司优化电力营商环境、提升"获得电力"指标的要求付诸行动，并作为典型案例在全省供电营业厅推广应用。

2018 年 10 月，杜娜作为安徽省代表团的一员光荣地参加了在北京召开的中国工会第十七次全国代表大会。在宣贯会上，她说道："新时代的劳模，不仅要苦干，实干，更要积极创新，做到能干、巧干。我会用行动带动身边更多的优秀人才，用劳动筑梦，用实干圆梦！"

为了更广泛传授服务技巧及志愿精神，带动系统内外爱心人士，杜娜和她的团队坚持完成一场场爱的接力，并通过网络及系统内外的发动宣传，使山区的 23 名留守儿童得到了社会人士的结对资助，实现了志愿精神的辐射传播。一边开展本职工作，一边提供志愿服务，杜娜陪伴家人的时间越来越少。

有人问："你这么忙，生活哪里还会有幸福可言？"

杜娜说："垒山不止，就是幸福，成为越来越有价值的人，就是我的梦想。"

2020 年伊始，新冠肺炎疫情暴发，杜娜向所在党支部递交了"请战书"，并第一时间发起志愿者招募，迅速组建起一支战疫队伍，投入到六安市疫情防控战场。利用营业窗口弹性值班的休息时间，杜娜带头驻守在各个社区，帮助社区建立完善居民动态信息台账，做好安全防护和管控，以及环境卫生消毒、入户走访调查和心理疏导等工作，还发动募集捐款，组织无偿献血。

疫情面前不坐等，迎难而上显担当。在全省供电营业厅暂停营业期间，杜娜果断提出"关门不

关服务"的特殊服务机制。在那个大多数人"宅"在家里的春节，杜娜每天都排得满满的，为了在营业厅服务期间做好安全防控，她迅速制订了营业厅防控措施和"不见面交接班制度"，保障员工及客户的安全。同时，引导客户采取自助和线上交费方式，帮助客户绑定和使用"网上国网"、微信公众号线上办电申请。每天一早，她到营业厅先消毒清洁，接着为值班人员分发口罩，接着就负责线上工单的每日统计汇报。为了保证对紧急用电需求的及时响应，她作为第一联系人，利用物电联盟服务网络，为社区居民第一时间提供服务响应。

她及时提出的各种服务建议成为特殊时期电力客户的服务保障：她订立后台值班制，为卡表客户开设 24 小时紧急购电绿色通道；拓展"不见面"服务范围，为高压客户提供远程查询、线上缴费、代开增值税票、邮寄到企服务；通过逐一联系，杜娜把"国网十二条"等公司全力助推企业复工复产举措推送给企业客户，宣传国网公司"八大举措"，逐一向客户宣传阶段性降低用电成本政策，缓解企业后顾之忧；通过线上工单的突击处理，为企业在疫情期间能高效率低成本用电送去暖心服务。她每天的电话量不下 60 个，线上工单处理及时率 100%，为特殊时期的用电服务交出了漂亮的答卷。

垒山不止的杜娜被评为"国网公司劳动模范""国网公司服务之星""安徽省劳动模范"。

五、"空中飞人"单德森

从六安市向南方稍稍偏东 180 公里左右，就是安庆市。

安庆市，简称"宜"，安徽省辖地级市，位于安徽省西南部，素有"戏剧之乡""禅宗圣地"的美誉，是"桐城派"的故里、黄梅戏发展成熟的地方、京剧鼻祖徽班的"摇篮"，也是中国共产党的主要创始人之一陈独秀、"两弹元勋"邓稼先、现代义学史上的"章回小说大家"张恨水的故乡。

在安庆电力行业，有一个著名的"空中飞人"。

这位"空中飞人"就是单德森。

有些同事喜欢跟单德森开玩笑，说他有两个家。

熟悉单德森的人都知道他的两个"家"是指他的原生家庭是"电力之家"和"劳模之家"。

"电力之家"是说他的父亲单家定是安徽省电建公司退休职工，姐姐单群是国网安庆供电公司营业大厅班班长，单德森是国网安庆供电公司高压线路带电作业班班长，两代三人都是电力职工。

"劳模之家"是说单德森的父亲、姐姐都是安徽省劳动模范，他本人是全国劳动模范，两代三人都是劳动模范。

单德森现在的荣誉很多："全国劳动模范"、全国五一劳动奖章、安徽省五一劳动奖章、"安徽省十大能工巧匠"……

可是回首他的成长之路，我们能感觉到非常不易。

1999 年，单德森进入安庆供电局（后来改制为国网安庆供电公司）工作。

作为"电二代"，时年 19 岁的单德森意气风发：从小耳濡目染，对电网设备、电力工作了如指掌，干好工作还不是张飞吃豆芽——小菜一碟！

　　工作伊始，单德森的确如鱼得水，靠着扎实的基础和自身的胆大心细，很快就掌握了高空作业的技能，大有赶超老师傅的势头。

　　2000 年，看到单德森的技能比较成熟了，班长决定让他上杆，安装架空地线。

　　这是单德森第一次在实际工作中高空作业，很想好好表现，准备露一手。

　　接受任务后，他一个箭步，抓住了 110 千伏线杆塔的角铁，手脚并用，很快便登到塔顶。

　　架空地线的安装不仅需要技术，也需要力气。一般的线路作业中，安装 ABC 三相输电导线，可以采用滚轮施放法，相对轻巧省力，唯独架空地线不具备采用滚轮施放法的条件，只能靠塔上人工作业，先用肩膀扛起来，再对准挂点固定。百十斤重的金属线，要瞄准位置，逐一挂接，力气小了可不行。

　　仗着年轻力壮，单德森一猫腰，单手提线，向上发力一拎，把架空线扛在右肩。霎时，一阵尖

锐的酸痛袭来，单德森疼得一咧嘴。

这时，单德森提醒自己：班长和同事们都在下面看着呢，这关键时刻可不能掉链子。

他咬紧牙关，忍着酸痛，把地线端头对准挂点，开始紧拧螺丝。

逼仄的塔尖，能站立的地方本来就少，还要像杂技演员那样完成一系列技术动作。好在单德森平时练得好，干起来倒是顺畅，不一会儿，第一个接头已经紧好。接着，他要转身，移步，安装另一根地线的端头。

单德森暗自高兴：第一次上杆挺顺利。

可就在这时，他感到脚被什么绊了一下，是刚才搁在导线上的接地线。单德森用余光瞄到，一个灰色的东西掉了下去！

还没等大家反应过来，下面"咚"的一声。原来是接地线的线夹，擦着下面一个工友的安全帽帽檐落了地。

"怎么回事！你在想什么？！"犹如一声炸雷，班长的吼声在单德森耳边响起。不知是班长声音太大，还是自己太过紧张，20岁的单德森感到一阵耳鸣。心里控制不住地重复着：幸好只是线夹！幸好只是帽檐！

怎么从杆上下来的，单德森不记得了。只记得一下来，迎接他的是班长劈头盖脸的批评。

单德森听着班长严厉的批评，暗下决心：这是第一次失误，也是最后一次！

单德森的"第一战"可以说是虎头蛇尾。从此，他吸取了教训，时时刻刻提醒自己：再微小再简单的工作细节，也必须小心翼翼，不能有一秒钟的分神。

打下了扎实的功底，培养了良好的习惯，单德森的工作能力再度提升，逐渐成为班里的骨干。

2003 年，单德森迎来了自己的"成名之战"。

当时，±500 千伏葛南线大修，需要在跨江段安装 4 组测震仪。

±500 千伏葛南线是中国第一条投入商业运行的大容量远距离直流输电线路，连接湖北葛洲坝换流站与上海南桥换流站，于 1989 年 9 月正式运行，是"资格"最老的特高压线路，是 20 世纪 80

年代末、90 年代初的"超级工程"。

"单德森，你有没有信心？"班长把目光投向面前的 4 名跨江队员，锁定在最年轻的单德森脸上。

"有，保证完成任务！"蓝色的安全帽下，23 岁的单德森略带青涩。此刻，他的头发正被江风吹得微微翘起。

这一年，他工作刚满 4 年。对于经验至关重要的线路工种来说，这样的资历似乎"嫩"了一些。但单德森不管这些，他的字典里没有"退缩"二字。对职业生涯中的第一次"大跨越"，他很是期待。

身后，一座高度近 200 米的钢铁巨塔耸立，数道 500 千伏线路呈放射状直指对岸。由于跨度极大，一条条 1000 多米长的线路呈现为一个个巨大的"V"字形。

23 岁的单德森体格健壮，身手敏捷，胆大心细。班长说他是"天生的输电线路工人"。

登上 187 米的线路起始部位，单德森轻轻松松，可一走上左右摇晃的输电线路，他难免心里发紧。

或许正如他的师傅陈旭东班长所说，单德森果真是"天生的输电线路工人"。他在绳索上走了几十米后，紧张感渐渐消失了，越走越顺。

单德森感到自己的身体和随风摆动的绳索达成了某种和谐，节奏变得协调一致，步伐变得从容稳健。

单德森觉得自己像一只鹰，在蓝天和长江之间飞翔。

而对下方的同事们来说，单德森在高空中犹如闲庭信步，简直就是空中飞人。

"V"字形跨越，后半段的抬升尤其难走，走上一段，需要稍事休息。高空中，单德森休整了片刻。

他默默对自己念叨一句话：跨过长江，我一定要跨过去！

30分钟，1300米的距离，连同将一台避震器安装就位。单德森第一次跨江作业异乎寻常地顺利，是4名队员中第一个返回地面的。

迎接他的，是班长大大的拥抱。

"单德森，你成功了！祝贺你！"听得出，班长的声音十分激动。

突然间，一种英雄的豪迈感，传遍了单德森的全身。那种感觉，直到今天仍让他充满能量。

从此，单德森得了一个"空中飞人"的绰号。

那次飞越长江之后的几年里，单德森不断地超越自己。随着500千伏及以上超高压线路成为远距离输送主力，各地各单位都提升了高压带电作业的频率和规格。那几年，国网安庆供电公司每年都要组织对±500千伏葛南线安庆段线路分段大修，全长205公里的线路作业，单德森一次也没有落下。每一次他都是最快、最稳、最规范的那个。

经历了不知多少次的攀登和跨越，单德森越来越驾轻就熟，他用智慧和汗水，解决了电力安全生产过程中出现的各种工作难题，一次又一次实现了对自己的挑战和超越。

2008年春节期间，整个安庆都弥漫着浓郁的团圆气息：家家户户都忙着张罗美酒佳肴；忙碌了一年的人们走亲访友，互相致以最诚挚的祝福；老人们讲着"初一叔，初二舅，初三初四拜岳父"

的民俗；年轻人在商场、超市、电影院里度过愉快的时光；小孩子们穿着喜庆的新衣，拿着可口的零食玩耍……

上天好像也想为这喜庆的日子增加一些气氛，飘起了雪花。

雪很大，而且下了很长时间，整个安庆银装素裹。

雪花非常美丽，能够给人一种纯洁、清冽的感觉，使得烟火人间有了几分仙境的感觉。但雪花也会带给人们不便，尤其是大雪，低温环境会导致输电线路覆冰，从而影响其运行，甚至造成断线。

果不其然，大年初四这天傍晚，单德森接到了单位的通知："葛南线覆冰，需要马上处理！"

单德森立即赶到单位，带领除冰抢险小分队向长江对岸的马衙镇进发。

马衙镇地处山区，葛南线路径上的最高峰就在此地。

当时，狂风呼啸，积雪很深，道路上已经很难通行了。

安庆长江大桥附近到处停放着覆满白雪的汽

车，桥上只有有寥寥几辆汽车在小心翼翼地缓慢行驶，其中就有除冰抢险小分队乘坐的黄色供电抢修车。

经过缓慢而艰难的行驶，除冰抢险小分队于凌晨到达对岸的马衕镇。

上山时间定在 5 个小时后，单德森拿出地图和图纸，和同事们一起做了详细的除冰计划。

余下的几个小时，单德森和衣而卧，等待黎明的到来。

第二天，大年初五，连绵的山岭也被皑皑白雪覆盖，像极了飞舞的银蛇。单德森和他的同事们马上就要与这"银蛇"斗上一场。

登上山峰之后，单德森才发现覆冰情况比预想的严重得多：杆塔、导线都比平时"粗"了一大圈，杆塔像卡通片里的冰雪巨人般高大粗壮，线路像长长的胳膊在胡乱挥舞；杆塔顶部的绝缘子已经受损，无法继续使用，必须及时更换。

"需要先砸开冰层，我先上！然后换人，大家一个一个轮流上！"单德森回头对同事们说。

同事们异口同声地回答："是！"

地面积雪齐腰深，每挪一步都异常艰难；攀到塔上，更是需要抱着寒冷刺骨的冰柱，用橡胶锤和铁榔头交替敲击。这样的作业条件，没有坚强的意志，是万万坚持不下来的。

在风吹雪打，让人睁不开眼的峰顶塔尖，单德森强忍着被冻得有如针扎的刺痛，咬牙坚持，硬是一口气砸开了将近 10 米的覆冰。

见单德森冻得快要抱不住塔身了，同事们赶紧将他替换了下来。

就这样，除冰抢险小分队的成员一个接一个地轮流上塔，砸开冰层，将覆冰的范围一寸一寸、一尺一尺地缩减。

4 天后，覆冰全部清除，葛南线安然无恙！

六、"雷锋式好人"周信

从安庆对岸沿着长江向东 110 公里左右，就是铜陵市。

铜陵市，简称"铜"，别名"铜都"，安徽省辖地级市，古称"定陵""义安"，因铜得名，

以铜而兴，素有"中国古铜都""当代铜基地"之称。

国网铜陵供电公司有个"雷锋式的好人"——周信。

周信出生于 1970 年，比廖志斌、孙燕飞、单德森他们年龄大，在青少年时期赶上了"接班"。

接班就是父母退休后，由其子女办理手续，进入父母原工作单位上班，接替空下来的名额。在20 世纪 70 年代末期，随着"知青"返乡，社会上出现了大量待业青年，为了解决职工子女就业，"接班"之风愈演愈烈。随着用工制度的改革，到了20 世纪 80 年代末期，"接班"制度逐步取消。

1986 年，周信赶上了"接班"制度的尾声，接了父亲的班，当了一名电力工人。

16 岁的少年，对一切都很好奇，再加上很多同龄人还在念高中，还要伸手向家里要钱，自己已经能够拿工资了，周信非常兴奋。

然而，新鲜感终归要被时间消磨掉。

一段时间之后，周信的新鲜劲儿渐渐消失了。这时候，他发现身边的同事不是大专毕业就是中专毕业、中技毕业，连班里几个老师傅都是高中毕业，只有自己是初中毕业。这使他一度很沮丧。

父母和同事都劝慰他，也都认为这种沮丧过段时间就会淡化。可谁也没想到，周信第二年就写了辞职报告，准备重新自谋职业。

母亲知道他有这个想法后，第一次对他发了脾气，严厉地说："咱们家的情况你是知道的，现在住的房子是你爸自己盖的，又老又破，外面下大雨里面就下小雨，我没有工作，你妹妹还在上小学，你爸已经退休了，家里没有一件像样的家具，也没有电器，我们把你养这么大，你就这么不负责任？你不是答应过我们，参加工作后要担起养家的责任吗？怎么刚参加工作就不想干了，你叫周信，你的信用呢？你对得起你的这个名字吗？对得起你爸吗？"

听到母亲的这番话，周信为自己准备辞职的想法感到十分羞愧。他深深地对母亲鞠了个躬，说："请您原谅我，我只是一时冲动没有想到这些，我辞职的想法主要是觉得自己文化低，在那些有文凭的同事们面前抬不起头。这是我的不对，没文化我可以学，没业务能力我也可以学，我以后

再也不提辞职的事了。"

母亲见周信想明白了，摸着他的头说："这才像个男子汉，不如人不是天生的，是你没努力啊！"

1989 年，一心想要提高文化水平的周信报名就读电力职工中专班。

在这个班上，他不仅学到了更多的电力专业知识，而且结识了很多电力行业的同学。有个同班同学是输电线路专业的，跟周信很要好，课余两人经常一起聊天。这位同学经常给周信描述线路工区如何如何辛苦，但又如何如何畅快，让周信形成了一种线路工区"有任务就拼命干，没任务可以读书，班组成员亲密得像兄弟"的印象。这种印象让年轻的周信很是向往，觉得自己就应该去干那样的工作。

于是，周信给领导写了个申请，要求调到线路工区。

可报告提交之后就像泥牛入了大海，许久没有回音。

直到1993年9月，这个报告的作用才发挥出来。

那是单位组织的双向选择。所谓双向选择，就是员工选择班组，班组领导选择员工。在这次双向选择中，周信被配电班的负责人相中，调了过去。

配电班其实应该叫配电抢修班，主要负责配电线路的维护和抢修工作。要干好这项工作，不但要有力气，还要有技术，同时也很辛苦，既要爬电线杆子，淌大汗出大力，固定的休息时间还得不到保证。

周信感到有些恼火：不是双向选择吗？我又没报名去配电班！

一气之下，他找到了单位领导。

单位领导看到周信一脸不满的样子，就明白了他的来意，问："小周啊，怎么啦？你不愿意去配电班吗？我记得你原来要求过去艰苦的班组锻炼的，怎么现在变卦了？"

周信这时才想自己4年前提交的那份报告。

事实证明，单位领导的安排是有道理的：周信身材高大，又在农村长大，没少干过力气活儿，正适合配电班，尤其适合安装铁横担。

铁横担，俗称"耐张横担"，一根铁横担加上

配件 100 多斤。因此，安装铁横担对力量和技术都有不低的要求。一般情况下，需要两人同时上杆安装。

经过很短一段时间的学习，周信掌握了安装铁横担的技术。第一次安装，周信不仅快，而且没让其他人配合，一个人轻松完成。这在他们班是绝无仅有的。因此，同事们送他一个"大力水手"的绰号。

渐渐地，周信找到了那种意气风发的感觉。

对于配电抢修这样的工作，周信觉得除了要熟悉业务，还要练就一个更重要的能力，就是心里要有一份随时都能准确赶到现场的配电线路图。

初到配电班时，周信并未见到班组里有这样图纸，大家都是靠记忆和经验干活儿，这样不但影响赶到现场抢修的及时性，也不科学。周信决定将这个他眼中的缺陷弥补上。这个想法让周信吃了不少苦头，付出了大量的节假日和周末休息时间。数年来，周信或骑车，或步行，沿着配电线路穿梭在铜陵的大街小巷，一笔一画地将整个铜陵市区 3000 多公里的配网线路、2500 台变压器图全都绘制下来。哪个地方是变压器、哪个地方是电线杆……全都标注得清清楚楚。周信将线路和设备的情况彻底摸清楚后，开始自己动手绘制。绘制图纸可不是一件容易的事，尤其对周信而言，他并没有这方面的经验，为此，他多方请教，除了上门求助专业老师，也找来了大量专业书刊，经过一次次的失败，终于将这份图纸绘制了出来。

自此，配电班的值班室墙上有了一张像模像样的配电线路图，值班人员接到抢修电话后，对照线路图就能准确知道故障点的位置，这样不但大大缩短了赶到故障现场抢修的时间，也为将来配电线路的维护和整改提供了宝贵的第一手数据。事实上，对周信个人而言，这不仅是为班组绘制了一张配电线路图，也使得他对这座城市的情感发生了变化，他等于是一步一步地丈量了这片土地，将每个社区、每个角落都深深地烙在了脑海中。因为这样，有人称他为"移动的配网图"，有人叫他"地宝"。

不管是做立电线杆、架变压器和放导线等重体力活儿，还是完成对服务时限要求极高的故障处

理，周信始终冲在最前面。多年来，他 24 小时随
时待命，风雨无阻，及时组织处理各类配电突发
故障 2.1 万多起，先后参与铜陵市 1684 台配电变
压器的架设送电，组织参加每年两会、中高考及
各种大型公益活动保供电 460 余次，每年迎峰度夏、
迎峰度冬实施负荷测量、红外测温 5000 余次。现在，
他被誉为铜陵配网"活地图"，他的手机号在铜
陵几乎等同于 95598 电力客服热线。在配电岗位
奋战的 26 年里，他连续 18 年在工作岗位上迎接
新年钟声。

1999 年，29 岁的周信被任命提拔为配电班
班长。

刚上任时，周信担心有人不服他，班里很多人
都是干部身份，有大学文凭和工程师的资质。他
虽然也在追补文化水平上的差距，但总觉得自己
与那些高等学府出来的人无法相提并论。

事实上，周信的这种担心是多余的，他的工作
能力和品德都得到了大家的认可。那一年，公司
有位女职工因为平常工作不怎么积极，爱耍小性
子，很多单位都不愿意接收，被分配到周信这个

班组时，周信不但没有推拒，反而举行了一场出乎所有人意料的列队欢迎仪式。

这个仪式让这位女职工深受感动，刚刚进门就感受到了同事们的热情和友好。她在心里暗暗决定，要改掉以前的陋习，彻底融入这个新的班组，将同事们当作兄弟姐妹相处。许多年以后，这位女职工每每想起这件事眼中就会闪着激动的泪花。

就在同一年，单位的驾驶员黄利胜转岗来到配电班。他来时不懂业务，甚至连电脑的基本操作都不会。周信先是让他一面负责单位的环境卫生，一面尽快熟悉配电网络图，并安排单位两位有经验的师傅对他进行指导。后来，黄利胜在同事们的帮助和自己的努力下成了配电班的骨干，从什么都不会的"门外汉"成为人人想要的"香饽饽"。

周信投身公益活动也很早，1989 年就主动参加了铜陵市游泳协会义务救援服务队。这个救援队当时只是一个非官方的志愿者服务队，主要任务就是对天井湖边的溺水者进行救援。

直到现在，周信从未脱离过铜陵市游泳协会义

务救援服务队。

2011 年，铜陵市首个以个人名字命名的服务队"周信为民服务队"成立。服务队的成立，是为了实现从单纯的电力故障抢修服务到解决一应用电难题的服务延伸。服务队秉承"奉献、友爱、互助、进步"的志愿精神和"你用电，我用心"的服务理念，以电力义务检修、安全用电知识普及、文明风尚传播和关爱弱势群体等为主要服务内容。这个带有个人诚信色彩的"周信为民服务队"自组建以来，给古老而又勃勃生机的铜都带来一道道靓丽的风景。无论是工作日还是节假日，服务队队员的身影总是在人们的眼瞳中闪亮。

2014 年夏天的一个傍晚，天气闷热，周信正与家人一起吃晚饭，忽然接到一个陌生电话，一位大妈说家住的田苑新村，有好几栋楼都停电了。周信一句话都没有多说，立即放下碗筷，打电话通知抢修值班人员做好准备，自己骑上摩托向田苑新村赶去。几分钟后他就赶到现场。此时，因停电下楼纳凉的居民们一看到供电抢修车就急切地围了上来，周信一边安抚大家的情绪，一边在脑海中翻阅自己亲手绘制的田苑新村供电线路图。凭着经验和直觉，他迅速判断故障点就在田苑新村配电房内。仔细排查之下，果然有队员在配电房的变压器上发现了一只烧焦的老鼠，高压连接铜杆被烧断。周信在配电房内扫了一眼各个开关的运行状态，有条不紊地指挥抢修人员："将1号变压器隔离，合上低压联络开关，将1号变压器负荷转供到2号变压器上……""来电了！"几分钟后配电房外传来一片欢呼声。

2016年5月，周信得知单位要派人员去援藏，他二话不说，立马去领导办公室申请去西藏工作。

第二天，公司批准了他的请求。

这次援藏的时间是一年，要去的地方叫浪卡子县。浪卡子县在西藏自治区山南市，面积8100多平方公里，平均海拔4500米，是山南地区海拔最高的县，而铜陵市铜官山的海拔才495.7米。海拔差距这么大，46岁的周信也不知自己的身体能否适应那里的情况，心里着实没底。

周信很忐忑地将自己要去援藏的消息告诉家

人，母亲说："援藏是大事，是国家的需要。这些年，单位培养你，关心你，让你获得了那么多的荣誉，你应该去。"

在单位的隆重欢送和家人的挥手告别中，周信踏上了援助西藏的征程。

抵达西藏后，周信先在山南市适应了一段时间，然后就到浪卡子县正式开展工作。接下来的两个月时间里，周信的足迹遍布县里113个村。从海拔4400米的羊湖再到海拔5400米的普玛江塘乡，强烈的高原反应和颠簸的路途丝毫没有使他退缩，他用双脚丈量着浪卡子县8100多平方公里的土地，他用行动一次次挑战更高的海拔高度。在两个月的时间里，周信做到了对浪卡子县的主配网线路了然于胸，绘制了厚厚一本主配网接线图册，为浪卡子县公司的基础管理留下了一笔宝贵的财富。

2017年4月10日，是一个激动人心的日子。周信带队主持了浪卡子县普玛江塘乡输变电工程开工仪式。普玛江塘乡被称为"世界最高乡"，平均海拔5373米，超过了珠峰大本营高度，含氧量仅为平原地区的 40%，年平均气温零下 7℃，全乡 6 个村，284 户，1031 人。2009 年 12 月，"户户通电"工程建设，通了 4 个村的电，结束了该乡无电的历史。2017 年，新一轮农网升级改造工程启动，要在这里新建一座 35 千伏变电站，35 公里线路，不仅要把目前仍在利用太阳能供电的 2 个村纳入主电网供电，实现浪卡子县村村通电，还要进一步提高该乡的用电可靠性，有效保障全乡动力用电问题。为了确保这一项目如期建设，周信在此前的数月里，多次深入现场，开展前期勘察，结合当地扶贫政策，不断调整电网建设方案，协调推进农网改造升级项目落实，使农网改造升级项目工作全面提速。浪卡子县公司拉巴次仁经理多次称赞周信："他不仅是我们的同事，更是我们的朋友，他为我们架起了汉藏'连心桥'。"

在援藏的这段时间里，周信除了忘我地工作，还带领队员们走访了一些失去劳动能力的贫困户。一位名叫扎西的老人，是周信帮扶的第一个对象。多年来，扎西老人一直靠政府的救济生活。周信通过边防支队了解到这一情况后，于 2017 年 4 月

13 日来到扎西家，给他送来大米、食用油和其他生活用品。在扎西家得知他患有疾病，无钱医治。周信给了扎西 500 元钱让他去看病。

在西藏援助的一年时间里，周信带队顺利圆满地完成了公司交给他的工作任务。

在国网安徽省电力有限公司，像廖志斌、汪劲松、张占胜、孙燕飞、杜娜、单德森、周信这样的先进典型还有很多，比如国网工匠王开库，比如专门"啃硬骨头"的易斌……他们是国家电网职工中的杰出代表，与千千万万国家电网职工一样，因着对祖国的热爱、对人民的忠诚，用青春和热血建设电网，守护电网，在神州大地的万家灯火中抒写自己平凡而伟大的人生。